徐元純 編

徐復觀教授談文學與寫作

臺灣學生書局印行

編輯序

廿世紀新儒學大師徐復觀教授論文學的著作，詳載於《中國文學論集》和《中國文學論集續篇》二書中。本書自徐復觀教授以社會大眾為對象的時論中，收集了十六篇談論文學和寫作的文章，一篇討論「文體」觀念的文章，以及二篇徐復觀教授自述研究中國文學的歷程和期盼的文章，計十九篇。供讀者參考。

徐武軍　徐元純　敬誌

徐復觀教授談文學與寫作

目 次

為學習而寫作

這裏所說的寫作，不是僅指文藝的寫作而言。凡是一個人，把他所見，所聞，所思，所感，用文字表達出來，我在這裏都稱之為寫作。

各人寫作的動機並不一樣。有的是為了換稿費，有的是為了擴大自己存在的範圍；有的是為了自己內心的一股不容自已之情；有的則是出於對天下後世的責任感。這裏不必評斷各種動機的高下，並且一個人寫作時的動機，也常常不僅是出於一種。我僅想特別指出，在上述各種動機之外，還有一種動機，即是把寫作當作自己學習的過程，當作自己做學問的一種手段。我在這裏所要談的正是這種動機的寫作。因為這對於有志做學問的青年特為重要。

做學問最基本的工作，首在收集資料，整理資料，把資料加以消化。當以某一問題為中心而開始收集資料時，由此一資料而涉及彼一資料，輾轉牽涉，便會頭緒紛繁，出入互見；此時寫一篇文章以便把頭緒加以清理，把出入加以比較，這是整理資料的一種最切實而妥當的方法；經過這番手續之後，對某一問題，或某一問題的某一層次，即可隨之告一段落，而我們便可順理成章地去做第二步工作。這便把自己向前推進了一步。還有，每個人都有一種惰性；因此明知資料的重要，但常常怠於去搜尋；或東塗西抹地找不出一個頭緒。假定你現在要寫一篇什麼文章，便逼著非去找資料不可；並且你想寫的題目，同時就指示了找資料的目標，而不至泛濫無歸。由這種自己逼自己的方法，一個人的蓄積便慢慢豐富起來了。

其次，做學問進一步的工作，是要養成自己的思考能力。思想才是做學問的靈魂。有思考能力，才能真正消化資料，因而每一資料也都能賦與一種新的生命。中國由有些人所領導的歷史研究工作，只知道前面的一點，而不知道這一點。所以花很多人力財力，所成就的，只是沒有靈魂的飣餖之學；嚴格地說，這根本不能算是學問。思考的起碼表現便是對某些東西的「感想」。這些感想，不僅須要經過進一步的思考始能辨別其對不對；並且即使是對的感想，也只有經過不斷地思考才能長成、充實；否則只是停留在朦朧的狀態之中，不久便會順著生命之流而消失。只有當你有某種感想，經過初步的思考而覺其值得寫出，你便決心將它寫出時，你的思考力便隨著文章的展開而展開，隨著文字的鍛鍊而鍛鍊。就我個人的經驗來說，在寫的經歷中對問題所發掘的深度和廣度，決非開始拿筆時所能想到。並且常常在開始以為是對的，結果發現不對；開始以為不對的，結果發現是對。所以「寫」是發展鍛鍊思考的重要方法。因為它提供了思考力一條線索，而思考總是要憑藉一條線索的。若把整理資料比譬為自然科學研究中的實驗，則以寫的方法來發展思考，鍛鍊思考，有同於自然科學研究中的演算。我不贊成多產作家，因為這種作家大抵都不能滿足上述的兩種要求，而只是在一副文章的空格中填滿些廢話。但我近幾年才了解一生讀書而不肯輕寫一字的人，站在做學問的觀點來說，是最吃虧的事。因此，我深悔過去的太懶於寫作。

一個人要作寫作的準備，如果是文藝方面的，應養成隨時觀察事物特性的習慣。如果一般文史方面的，應養成隨手抄錄資料的習慣。我覺得抄書是寫文章的起點。因為你想抄某一篇某一段東西的時候，已經是初步發生了選擇的作用。所以也是在收集資料時的初步整理工作。

青年人已經有勇氣寫作了，最緊要的一點是，不管你的文章寫得怎麼好，怎樣結實，但在自己的心目中，只能認這不過是一種假定的說法；不僅準備隨時被人家推翻，也要準備隨時被自己推翻，更要準備隨時被新發現的材料推翻。一個人的進步，就表現在自己不斷地推翻自己的結論之上。專心做學問的人，對於自己所說的，總要過了四十歲以後才能稍有自信。自然也有若干例外。但談一般問題時，可以不涉及例外的問題。我為什麼要說這一點呢？因為有許多聰明人，年輕時候對某一問題有某種看法，把他寫了出來，這並非壞事。但以後便以一生之力，去辯護他的看法；於是對前人或外人的著述，不惜採用斷章取義的手段、徵引，來作自說的根據。這樣一來，便再不能客觀地讀一本書，再不能平實地吸收一種道理，而只是把自己的精神完全封閉在自己不成熟的感想中，使其成為染上特殊顏色的染色體；任何學說，一經此種染色體反映出來，無不改形變樣，而自己尚矜為獨特之見，就這種人自己說，是非常的可憐；就社會說，這種似是而非的東西必標新立異，最易為淺薄自甘的人所接受，而成為學術文化發展的一種阻力。所以古人對於自己的詩文，都要嚴加裁汰，不輕易保存少年的作品，何況著書立說？現時中國文化界、學術界，到處充滿了成熟太早、永無進步的人物。真正有志於學術的青年，不僅不可被這類的人物嚇唬住，並且應以這類人物為大戒。

歸結地說，由青年以至老年，皆是為了學習而寫作，皆是以學習的心情來寫作，可能是流弊最少的寫作。

一九五六年五月《大學生活》

如何開始文藝寫作

二十世紀，除了建築一門以外，就整個藝術而論，文學而論，可以說是一個荒涼的世紀。而我們中國，從辛亥起義，經過北伐、抗戰，以迄今日的反共抗俄，五十年間，經過了無數波瀾壯闊的世變，但似乎也不曾產生過與這些世變的分量相稱的文學作品。內中的原因，不是我所能解釋清楚的。假使容許我大膽說出自己的感想，則就西方世界而論，二十世紀，科學知識因分得愈細愈專，而其自身也走上了技術化的道路。知識技術化的程度越深，離著有血有肉、有哭有笑的現實人生社會愈遠；而藝術，尤其是文學，它是立根於現實的人生社會，將人生社會作為一個統一體（這點正與科學家的趨向不同）來加以感受、把握、提鍊，因而加以表出、淨化的；這不是主導二十世紀的文化精神。所以二十世紀的作家只能從文學結構的技巧上提供讀者以「興趣」，很少能從內容、氣氛、情調上給讀者以「感動」。再就中國的情形來說，一方面是高據文史王座的餖飣考據學風，既打斷了中國知識分子對於人生社會負責的傳統，又接不上西方重思辨、條理的學統。他們真正的成就，我尚不十分清楚，不敢多說；但這些先生們已對國家、民族、社會、人生，失掉了真切的感受性；因而不會啟發藝術、文學的心靈，卻是可斷言的。另一方面，則思想上的教條主義，使人的精神僵化；而政治上的現實主義，又使人的精神庸俗化；這自然也不適於文學的營養。但是，人生的教養，生命的滋潤，還是離不開藝術、文學。今日世界病態之一，是教養與技術，成反比例的發展；在精巧新奇的技術下面，活動著乾枯卑俗的人生；美國正可作為這一時代的代表。所以世界需要更大的藝術家、文學家；中國更需要更大更多的藝術家、文學家。我在這種感想之下，除了對於已經成名的作家，寄與以無限的期待和敬意外，更不能不期待新作家的誕生。

新作家誕生的條件，首先有賴於已成名的作家的提攜鼓舞。第一個要求，更是不要以自我為中心來劃分壁壘，不要以自我為中心來樹立標準繩尺。這是說來容易而實現不很容易的事。更重要的，當然還在想成為新作家的青年們，應當如何去努力。對於這一點，我想貢獻一點意見。

文學特性之一，是在於它對人生社會所表現的統一性、完整性。那怕只寫人生社會的一個片段，但在這裏面所蘊藏的，還是統一的、完整的東西。因為每一個生命都是一個完整的統一體；而文學正是以人生社會的生命為自己的生命的。把有情的東西看作無情的東西來處理，這是科學；把無情的東西看作有情的東西來表出，這才是文學。一般人常常說，偉大作家的作品裏面，有他的人生觀、世界觀；換句話說，即是文學中常有他的哲學；這是不錯的。但更進一層去研究，站在作者的立場來說，他的人生觀、世界觀，只是他作品中所反映的人生社會的統一性、完整性。這種人生社會的統一性、完整性，固然有時是從哲人的著作中得到若干的啟發；但這不過是間接性的東西，因而在形成創作動機上，是沒有多大力量的。它的最直接的卻又是最有力的根源，還是來自作家們對社會人生的觀察、體認；並且把這種觀察、體認，與自己的心靈連結在一起，而得到某種不知其然而然的感動；在這種感動中，把外在的、客觀的人和事，和自己的血和肉融和在一起，這便形成了創作的題材及創作的衝動。他和一般社會科學工作者不同之點，不僅在表現的形式上，而是在社會科學工作者，只順著觀察來收集、整理、分析資料，並不夾雜有心靈感動的內在化的過程。即使偶然湧出此一心理現象，社會科學工作者，也會立刻意識的使它如雲煙過眼的過去，依然恢復到冷靜的、無顏色的精神狀態中去。文學家則是要抓住此種感動的刹那，而將其加深擴大，以形成一個作品的生命。所以缺乏對人生、社會的感受性的人，乃至對這種感受性輕易予以放過，而不加珍惜、凝定的人，便不易成為一個作家，更不易成為一個好的作家。作品的價值，是以由感受而來的感動性的大小深淺來決定的。因此，一個稍有表現能力的青年，應經常保持對社會、人生的關心態度，由冷靜的觀察、體認，而釀成心靈的感動，並珍視此種心靈的感動。這一剎那的感動，可能並不會構成一個作品的內容、結構；但也應迅速用最直接表現的方式，把它紀錄下來，使它以一種「隨感」式的東西保留下來，作為更大創作的準備。否則境過情遷，此種感動會不留痕跡的消逝掉，自己永遠不能蓄積一點精神的資產。

凡真正富於感受性的人，也一定會由感受而引發心靈的感動。但有人耳目雖然很聰明，但是他的感受性常失於淺薄遲鈍。這種原因，我願引《管子．心術篇》的兩句話來解答；即是「嗜慾充益（按：當作「溢」），目不見色，耳不聞聲」的兩句話。這兩句話的意思，是指一個人若把自己生活上的小利小害，乃至生理上的若干直接要求（嗜欲），填滿了腦子，他心靈的感受性，便受到這些東西的阻滯遮蔽而失掉作用。所以《文心雕龍》的〈神思篇〉便說：「陶鈞文思，貴在虛靜」；虛是心裏沒有填滿這些嗜欲，靜是精神不受這些嗜欲的干擾。虛才能容納，靜才能觀察、體認。蘇東坡的詩說：

「欲令詩語妙，無厭空（虛）且靜，靜故了（了解）群動（社會人生的各種動態），空故納（容納、感受）萬境。」這都是從很深的經驗中說出來的話。因此，一個有志成為作家的青年，在精神上首須從自己生活的小圈子中解放出來，使自己的心靈，能直接和廣大的社會人生照面。《文心雕龍》在上引的兩句話的下面，緊接著便是「疏瀹五臟，澡雪精神」的兩句話。五臟（生理）沉浸在嗜欲中，弄得腸肥腦滿；精神陷在現實的泥淖裏面，卑近庸鄙，不能自拔，不會有深而且廣的感受性。（同時，我覺得男女的愛情，及有限度的煙和酒，這也是嗜欲，大概對文學而言，是不大礙事，甚至有某方面的意義的。）所以「無我」是宗教、道德、科學、藝術所共同要求的最高精神境界。許多藝術家、文學家，在日常生活中，常有其不與世俗斤斤計較的一面，甚至對自己的生活，常有其糊裏糊塗的一面，應當從這種地方去加以解釋。凡是喜歡「見小」，愛佔小便宜的人，極其至，祇能寫點小幽默，或尖酸刻薄的東西，不會寫出真有文學價值的作品。因為這種人的精神，和人生社會經常居於隔離的狀態。

其次，我想對初學寫作時的態度講幾句話。大凡希望成為作家，並有成為作家可能的青年，都是極聰明的人。聰明人寫作時最易犯的毛病，便是喜歡一揮而就，不加斧削，立刻寄出去，希望趕快刊出來；這是不容易得到進步的。初學寫作，大體上應從短篇寫起。幾千字的短篇文章，本可以一口氣寫成功；但未動筆以前，應經過長期的醞釀。所謂醞釀，是指有了寫的材料與動機以後，並不立刻動筆，而把它放在腦筋裏轉來轉去的一種情形。假定白天有其他工作，則在早上醒而未起，乃至走路、坐車，都可以利用作醞釀的時間。醞釀了三天五天，甚至於十天八天。第一、要寫的主題慢慢地明確了。第二、環繞著題材的煙霧、渣滓，慢慢的淘汰掉了。第三、初次所得的感動，慢慢加深，而且自然有若干修正了。第四、寫作的氣氛、氣勢，慢慢的積蓄濃厚了。醞釀成熟之際，即天機暢達之時，此時的一揮而就，方能發揮出自己的力量。在醞釀的階段，要注意的是自己的毅力；因為一個題材，常常在醞釀中即發現了困難，這正是要驅策自己由淺入深的徵候。假定沒有毅力而中途拋棄，這即是在快要進步時即逃避退卻，這便一生也無法寫成一篇好東西。所以遇著困難不妨暫時放下；過了一天，又重新在腦筋裏拿起來，一定可以峰回路轉，另擴出一層意境，讓它轉來轉去，非寫成篇即不放手。經過醞釀以後，大體已經有了個輪廓了。但在動手的時候，需要保持對此輪廓的彈性，千萬不要忘記：寫的過程，即是創造的過程。在醞釀中所形成的輪廓，只不過是一點引子，不僅隨著寫時的思考、想像的深化而可加以修改；並且也可以有勇氣的完全加以放棄，擱下筆來重新醞釀。在動筆以前及動筆中間的醞釀工作，這是自己向自己所具有的潛力的發掘。創造的能力，便是在此種自我發掘中培養出來的。

文章不論寫得如何順手，千萬不應一成篇便把它寄出去，或塞在抽屜裏不再理它。我的經驗（我祇有寫評論性的散文經驗），一篇短文總要經過三次修改，並且修改最好是在隔天以後行之，才能勉強沒有字句上的大毛病（小毛病是一定會有的）。我常常在寫的時候，覺得是很精采的地方，隔天再看，會幼穉得使人汗下。有的應當多說的，卻隨便帶過；有的應當少說的，卻又拖泥帶水的一大堆；至於贅字贅句，常在一篇短文中層出不窮。多留一天，多改它一次，便多減去一分內心的慚愧，多使手法熟練一點。總結一句，一個人要在醞釀中培養自己的創造能力，要在修改中培養自己的寫作技巧。能耐心的改，忍痛的改，改得改頭換面，以至字斟句酌，這才真是功夫，這才真是本領。我知道這點甘苦，但遲暮之年，尚不能完全做到，所以很誠懇的向青年們提出。唐人皮日休說：「百鍊成字，千鍊成句」，這兩句話是指作詩而言，但同樣可以應用到青年學習寫作上面。有人問我：「胡適之先生的成就是什麼？」我經過仔細考量後，謹慎的答道：「他的成就就是白話文。」我覺得他的白話文，寫得清楚而乾淨，這確非易事。以胡先生天資之高，他的這種成果，得來也很艱辛；即是他寫時的認真，賣力，肯花下時間。世上不論幹那一行業，有成就的總是歸於珍重自己行業的人。從社會看來，儘管文章是一錢不值，但我們自己看它，依然是一字千金。輕率下筆，輕率成篇，這是不珍重自己的行業，不會真正有成就的。肯下功夫的二十幾歲的青年，一年中辛勤墾殖，能收穫到經過長期醞釀，再三改過的四、五篇短文，我認為已經不錯了。以後的生產力，自然會慢慢的加速加多。千萬不可一開始即以多產作家的姿態而出現。台灣的桂花，遠沒有大陸上的桂花香，因為它一年四季，開的次數太多了。

上面所說的，不僅不周衍，恐怕都是出於假裝內行的話；只好就此擱筆。

《人生》第十九卷第十一期　一九六〇年四月十六日

白話、白話文、白話文學

「白」是「道白」「說白」。「白話」是口裏所道白的話。把口裏所道白的話，用文字寫了出來，此即所謂白話文。以文學的目的來寫，並且寫出了以後，也值得稱為文學作品，此即所謂白話文學。白話、白話文，白話文學，是三種層次不同的斷面。

因為有聽的人，才會開口說話。所說的話，是說者與聽者互相了解的橋樑。所以同是白話，也有好壞之分。最基本的衡量標準，就是作為橋樑的效率。人的理性雖然具有自然的條理；但說者係不知不覺的通過由自己的願望而來的感情，才把話說了出來的；聽的人，也是通過自己的感情才聽了進去。感情是委曲萬端的；理性所通過的感情，假定很調和適當，便可增強理性的力量，也即是增強了橋樑的效率。否則感情成為理性的障蔽，反增加彼此間的鴻溝。春秋時代，還沒有現代文學創作的觀念，當時所追求的是語言藝術。到了戰國，便出現了今日的所謂文學活動。但縱橫之士，還是憑藉語言藝術。所以孔門四科中的「文學」，指的是一般書本上的學問，「語言」一科才具備今日的所謂文學的性格。

「我手寫我口」，這便是白話文；但事實上並非如此簡單。聽者的對象、空間、時間，是有限定的。但閱者的對象、時間、空間，是沒有限定的，能在有限定的對象、空間、時間中，完成橋樑的作用；未必就能在沒有限定的對象、空間時間中，也能完成橋樑的作用。更重要的是，在用口說的時候，十句話中，總有幾句說得並不完全，但依然可以使聽者聽懂，這是因為得力於說話的神情、姿態、口調等的幫助。把說得並不完全的話，照樣寫下來，而失掉了那些幫助，便不能使閱者看懂。因此，白話文並不是「我手寫我口」；而是要把我口回到我的心裏，重新經營一番，才可以寫出來作為寫者與讀者的橋樑的。今日所流行的錄音講演，在許多情形之下，是先把文字寫好，再翻成口說的。由此可以了解，要把白話文寫好，不是僅靠說話時下功夫，而是要在文字的組織上下功夫。年輕人下功夫的方法，便是把一篇短文寫好，擺上兩天三天，每天唸一遍，改一遍。「這樣寫夠明白嗎？」「這樣寫夠順暢嗎？」有的地方囉嗦，有的地方感到欠缺，有的地方感到晦澀，有的地方感到疲軟。進一步，某一句多了一個字，某一句少了一個字，同樣的意義，用彼一字，不如用此一字，較為顯豁，或蘊藉，這在自己隔天

（或隔半天）一唸中，多可以唸出來的，唸出來了，便拼命改。下筆以前不經營，下筆成篇以後不修改，再是天資高的人，也不會寫好白話文的。

白話文，寫得好，可以說有某種文學的價值，但不是狹義的白話文學。並且現在社會流行的是白話文，但在今日要成為一個文學家，卻比白話文沒有流行以前，卻困難得多了。因為在白話文未流行以前，文言文只流動在少數人的圈子裏；物以稀為貴，只要人能把文言寫得通順，或者大膽地把自己所想的故事，用白話寫了出來，社會上便可承認你是一個「文人」，亦即是一個「文學家」。但今日教育普及，能寫白話文的人太多了。因為這一「多」，淘汰性便較之過去特別大，社會的承認率更較之過去特別難了。

要成為一位白話文學家，基本條件當然是要能把白話文寫好。但僅把白話文寫好，並不能就算是一位白話文學家。白話所以成為文學，必須在作品中有更新、更深、更厚的文學內容，為一般白話文所不及。這便涉及到文學家的修養問題。文學家也和一般學問家一樣，永遠要保持新鮮地感覺。但一般學問家的新鮮感覺的對象常常是限定在某一門學問的自身，而文學家的新鮮感覺的對象，常常涉及於活的人生、社會。因為有這副新鮮感覺，便對自己的生活及生活的周圍，都能發生興趣。由有興趣而觀察下去，思索下去，便能在極尋常的事物中，發現出一般人所不曾，或不能發現的意味。順著這種發現的意味，驅遣熟練的白話文寫了出來，這便是文學作品。但這只有輕視世俗的名利，永遠保持一顆天真無邪之心的人，才可以作得到；所以今日白話文雖很流行，而白話文學作品，卻少而又少了。更深入下去，值得談的問題更多，就說到這一點為止。

《文學報》一九七一年七月一日

中國文學欣賞的一個基點

——一九七〇年三月十七日中國語文學會演講會講辭

今天所講的是文學欣賞的一個基點問題。

在大學裏的同學，都會讀大一國文。大一國文所教的教材，多半是取自古典作品。假若學生要能了解這些教材，一定會受到訓詁的訓練。但教大一國文的目的，並不在訓詁，甚至也不在思想，而係把教材當作文學作品來欣賞，使學生讀了以後，能感到這是文學作品。在此一目的下，大一國文起碼含有三種意義：

（一）訓練學生的思想有條理，並培養其表達能力。

（二）啟發學生的想像能力。

（三）使學生能因此而得到人生的感發，此即孔子所說的「興於詩」。不過，今日的所謂文學，不僅指的是詩。

若說到文學欣賞的過程，乃是一種「追體驗」的過程。體驗是指作者創作時的心靈活動狀態。讀者對作品要一步一步地追到作者這種心靈活動狀態，才算真正說得上是欣賞。陸機《文賦》說：「余每觀才士之所作，竊有以得其用心」。及劉彥和《文心雕龍・知音篇》中說：「觀文者，披文以入情」，這即是今日所說的「追體驗」。

在追體驗的過程中，可以運用許多觀點與方法，因而可以得到不同的意境與效果。但應當有一個共同起步的基點，這即是對作品結構的把握。

在西方，亞里士多德首先在《詩學》一書中提出 plot 的問題。現今除了意識流的作者以外，沒有不重視 plot 問題的。plot 究竟是甚麼？在西方是指敘事詩及戲劇中的故事情節；後來小說當然更要觸到這個問題。為什麼由亞里士多德以至現今，都那麼注重 plot？這是由於作者的想像、敘述、描寫，須通過 plot 而始能令作品得到完整、統一。所以 plot 問題，即是文學的結構問題。有了結構，才有了內容與形式的統一，這是形成文學的起碼條件，也是文學欣賞的基點。

中國文學，從歷史的發展上來說，有與西方不同的地方。在中國文學史上，敘事詩、戲劇、小說，雖然不是沒有，但未能得到適當的發展，所以過去用故事情節來批評文學的很少。但是，其必有一適當的結構以求文章之統一，與西方文學是絕對相同的。

《文心雕龍．附會篇》，曾正式討論到結構問題。〈附會篇〉中說：「夫才量（童）學文，宜正體制，必以情志為神明，事義為骨髓，辭采為肌膚，宮商為聲氣……」。這是以文章來與人相比。人是由神明（精神）、骨髓、肌膚、聲氣等，結構而成為一個統一體的生命。文章是由情志、事義、辭采、宮商等，結構而成為一個統一體的作品。這與西方文學所談之**plot**，在表面上雖似不同，實則彼此是相通的。

文學作品的內容，可分為許多部分。但其中必有一部分最為主要，亦即是主題之所在，這在〈附會篇〉，便稱為「綱領」。其他有關部分，都是為綱領來效力，使綱領能表達得更為清楚明白而有力。也即是說：綱領必貫通於各部分之中，這便形成一篇作品的結構。

一個作品是否成功，首須視其綱領表現的程度而定。沒有主題，沒有綱領，固然不成為作品。但有主題，有綱領，而表現得曖昧、軟弱，這便是在結構上有了問題，依然不是一個成功的作品。綱領好比是人的大腦，其他各部分好比是人的四肢百體。大腦在分量上比四肢百體小得多；但大腦必貫通於四肢百體之中，否則形成痲木。綱領在一篇文字中所佔的分量也比較少，但如何能使這分量少的字句，通過某種脈絡而貫通於全篇文字之中，使全篇文字，皆為此少數字句的綱領効命，這便是文章結構的問題，這便是欣賞某篇作品所首須把握到的基點。

到此，應當進一步問：「由少數字句所構成的綱領，到底要安排、呈顯在作品中那一個地方，才為適合？」

凡是有創造性的作家，其表現綱領的方法是不斷變化的。但在變化中亦未嘗不可以提出若干典型。現在提出四種典型來稍加討論：

（一）《文心雕龍．鎔裁篇》：「是以草創鴻筆，先標三準。履端於始……舉正於中……歸餘於終。」彥和的意思是把作品分為三個部分，而把綱領安放在作品的中段。這是一種最普通的結構形式，和亞里士多德在《詩學》中所提出的不謀而合。這種結構，是來龍在前，去脈在後，高峰在中間。至於首段如何引出綱領，則可用反面、正面、側面等方法。但來龍去脈兩部分，用筆既不能太少，否則不夠清楚；但亦不能太繁，否則喧賓奪主，減輕了綱領的分量。

（二）把綱領安放在作品開始的地方。以簡練的一句或幾句話，把全文的內容加以概括，因而把全文提挈起來。以後的文字，都是開端一句或幾句話的發揮。並且在氣勢上要能振拔跌宕，對全文有登高一呼之勢。例如李斯上秦王書，一開首便寫「臣聞吏議逐客，竊以為過矣」，此一句的內容與氣勢，即可籠罩全篇。用此種方法並不容易，要醞釀得夠，提鍊得精。並且多適於寫短篇文章。韓昌黎在這種地方，最為傑出。

（三）作連鎖性的呈現。即是把綱領分成幾部分，逐步呈現。寫學術性的長篇文章，多用此法。但綱領一定要「分而能合」，「斷而能續」，才能算是好文章。司馬遷在此種地方最為特出。《史記》中的〈平準書〉、〈貨殖列傳〉，真可謂千載偉構。

（四）把綱領安放在文章最後面，前面的文章，只是一層層的逼，直到最後，才把綱領逼出來。電影中的偵探片，常用此種手法，前面是疑雲重重，逼到最後才用一兩個鏡頭點破。此一方法，須最後點出的綱領，可以逆流而上，一直貫通到開首的第一句，使全篇為之通徹光明。賈誼〈過秦論上〉，即用此法。

寫好文章不容易，欣賞好文章也不容易。我這裏說出一個欣賞的基點，聊供各位同學參考。

永恆的幻想

一

在許多民族中，月亮是至美的象徵。尤其是中國，該有多少詩人、詞人、畫家，把各種各樣的感情，和月亮交織在一起，而創造出無數地文學、藝術的作品。現在由探月工作得到了初步的成功，雖然人飛降月球，大約要在兩三年之後，但它的面貌，不僅不是至美，而且是非常之醜，則已經是可以確定的。於是伊朗有位詩人發出深重地歎息，認為至美的象徵破滅了。

其實，環繞於月亮的許多傳說，都是由直感所發出的一連串的幻想。知識的進步，使人類許多幻想，都一個一個的破滅。但這種破滅，決不會減少某一已經破滅了的幻想，在歷史為人類所達成的價值。並且，知識儘管進步，但新的幻想也會不斷地出現。

人類是生活於真實之中，同時也是生活於幻想之中。真實是永恆的，幻想一樣也是永恆的。這應當作怎麼的解釋呢？

二

在中國古代，太陽在人心目中的宗教性的地位，不僅較月亮為重要；而且由「夏日可長」「冬日可愛」之類的話來推測，似乎較之於月對人有更多的親切感。《淮南子》謂「月中有物者，山河影也；其空處海影」；這是二千年前的素樸的合理推測。但陰陽家和緯書，卻一步一步的把它神化起來。例如《易乾鑿度》只說「月三日成魄，八日成光，蟾蜍體就，穴鼻始萌」；這裏說的只是地上蟾蜍。《春秋演孔圖》卻說「蟾蜍月精也」，便一躍而成為月裏的蟾蜍。《楚辭天問》只說「顧兔在腹」。《五經通義》便說月中有勉與兔與蟾蜍，是表示「陰保為陽」。《淮南子》上說羿妻姮娥竊食不死之藥，「奔入月中為月精」，這是月亮真正美化的開始。張衡《靈憲》卻說姮娥竊藥奔月後「是為蟾蜍」，這把蟾蜍也大大地美化了。傳咸《擬天問》中說「月中何有？玉兔擣藥，興福降祉」；把兔說成長生不老之藥的製成者，它自然有了更大的吸引力。虞喜安

《天論》說「俗傳月中仙人桂樹」，此說到後來大大影響了應舉的士子，使他們「有心欲折月中桂」。《十洲記》說「月養魄於廣寒宮」，此後便成為瓊樓玉宇的理想建築的象徵。《酉陽雜俎》說河西人吳剛，學道犯了過失，便罰到月中去砍那一棵傷而復合的桂樹，這便在一千多年前，中國已先美蘇而在月球登陸了。上面的一堆神話，恍惚迷離，連可資推論的理路也沒有。但月之成為至美的象徵，卻是以這些神話為基礎所建立起來的。騷人墨客，不會有一個人認真的相信這些神話；不過，他們人世的悲歡離合，都自由活動於這些神話之間，通過對月的幻想以暫時得到感情的滿足，則又是不可否認的事實。

如實的說，幻想的根源是感情。感情自身，不須要理性的真實；所以儘管月球的「醜八怪」的面目，被科學家暴露出來了；但只要它的清光常在，圓缺有時，便依然會使騷人墨客，對月興懷，不妨與一連串的幻想結合在一起。即使對月的幻想，因探月的成功而消失了，人類也會把幻想移向新的對象上去。只要是人，便會有感情；感情是永恆的，由感情所發出的幻想，也是永恆的。

三

人類最多的幻想，是活動於文學藝術領域之內。至於宗教，係以幻想為生命，乃歷史上無可爭辯的事實。宗教的神蹟，人在理智上加以拒絕，卻時時在感情上加以保存。在道德方面，立足於思辨形上學的西方理性主義，其中富有幻想的成份，固不待論。即使在立足於實踐的中國道德思想中，也未嘗沒有若干幻想。「天命之謂性」、「上下與天地同流」這類的說法，其中有推理及精神的根據，不可謂之幻想。但孔子生時，已有人認他為生知之聖，這便是一種幻想，所以孔子便申明「我非生而知之者」。不過《中庸》依然說「或生而知之」，這便是幻想的延續。又說，「誠者不勉而中，不思而得，從容中道，聖人也」，這是孔子「七十而從心所欲，不踰矩」的到達點；把這說到孔子七十歲以前，也不能不說是出於幻想。

雜著幻想所建立起來的聖人，這也出於人類追求至善的意志；人性中含有道德理性，便可以產生這種意志。「至善」，也或許和「至美」一樣，對現實而言，只能稱為幻想。但對至善至美的追求，是人從現實中升進的一種力量；因而由藝術理性及由道德理性所發出的幻想，不是與真實相衝突，而是要求人發現更多更大更深的真實。幻想之與理想，其間常相去不能以寸。人不可完全生活於幻想之中，這是容易了解的。但人若完全生活於現實之中，沒有一點幻想，這將成為冷酷、機械、沒有將來、沒有社會。這種純現實的人，其所給與人的生活上的不安，及對人類前途的威脅，較之有過多的幻想的人，或更為嚴重。所以我在這裏特提出幻想的永恆性。

《東風》三卷七期　一九六六年四月

中國文學中的想像問題

一

亞力士多德在他的《詩學》中，對歷史與詩的界定是：歷史是敘述已經實現過的事物；而詩則是敘述尚未實現的事物。文學中的許多分野，大體上是由詩發展出來的。所以亞氏對詩的界定，也可適於其他重要地文學分野。由亞氏的界定，立即可使人明瞭，文學乃生活於想像 Imagination 世界之中的。

我們今日可以批評亞氏對詩的界定，實際失之於太偏；站在中國傳統文學的立場，尤其是如此。但想像在文學創造中所佔的重要地位，是無可爭論的。

對「想像」的內容，在西方文學理論中，有不少的陳述。其中概括性較大的，應當為文捷斯特（T. C. Winchester），在其《文學批評原理》（*Some Principles of Literary*

Criticism）中所提出的三種想像。第一種是創造地想像（creative imagination），這是「從經驗所得的各種要素中，自動地選擇某些要素，加以概括綜合，以創造出某種新事物的作用。」第二是聯想地想像（associative imagination），這是「對於某種事物、觀念，或情緒與情緒上的相類似的心像，加以連結的作用。」第三種是解釋地想像（interpretative imagination）；這是「認知對象的價值或意義；把價值或意義之所在的部分或性質，加以闡明，由此以描寫其印象的作用。」此種想像作用，借瓦茲瓦斯（William, Wordsworth）的話來說，這是「沉浸於對象的生命之中」，以闡明對象中最深奧的價值的想像。[1]

在中國文學的理論、批評中，沒有把想像的作用特別凸顯出來以成立「想像」這一概念；而是把文學中的想像作用，分隸於「感」與「思」的兩個概念之中。但感與思，包涵了想像的作用，而不止是想像的作用；這裏不進一步去解明此一問題；但在中國文學創作中，想像一樣是居於重要的地位，也是無可懷疑的。[2]

---

1 這裏應附帶說明一句，在概念上可以很清楚地把想像分為三種；但在實際活動時，則常是互相摻和而不容易指出僅屬於三種中之某一種。

2 此段係取材於日人本間正雄改稿《文學概論》頁六七。東京堂昭和三十二年（西紀一九五七年）二二版。

二

想像，不僅應用到文學裏面，有時也應用到科學，尤其是史學裏面。應用到文學中的想像，與應用到史學中的想像，除了應用的程度，有多與少的「量的不同」以外，是否還有「質」的分別？假定有，此一質的分別是什麼？

其次，西方的文學理論批評家，非常重視想像；但同時為了想像與空想易於混淆，又常努力要在想像與空想之間，劃出一條分界線；但就我所看到的材料來說，此種努力，依然是收效甚微。然則有沒有方法，在上述二者之間，劃一簡明的分界線呢？

在文學與史學的想像中，假定要作質的區別，我可簡單說一句，挾帶著感情的想像，是文學的想像；不挾帶感情的想像，是史學的想像。文學的想像，可以說想像的自身便構成文學。史學的想像，則只能作為搜羅與解釋史實的導引，想像的自身決不能構成史學。

當我們要求把想像與空想加以區分時，乃是因為「文學所以表現人生的真實」；因此，對「科學之真」而言，也應當強調文學之真。而空想則不是真的。若想像與空想混而不分，則所謂文學之真便不容易成立。但就三種想像的自身來說，怎樣也不容易把它與空想加以區別。我的看法，由感情所推動的想像，與感情融和在一起的想像，這才值得稱為文學的想像。不是由感情所推動，不是與感情融和在一起的，這便非想像而是空想。文學之真，指的是在想像中的感情，及由想像所賦予於感情的力量；感情是人生之真，所以與感情融合在一起，並對感情的表出給與以莫大助力的想像，便也是真的。若從想像中抽掉了感情，也就等於從想像中抽掉了真實，於是我們便應當稱之為空想。由空想所構成的作品，可以滿足人的好奇心，有如推理小說武俠小說之類，或者也可以稱為文學；但寫得再好，也不過是三流以下的文學。

三

現在再就想像與感情的關係，稍作進一步的考查。

首先，有了某種感情，便常自然而然地要求某種想像來與以滿足。因為感情的鬱，只有在想像中方可加以發抒，而發抒即是滿足。例如杜甫聞官軍收復河南河北詩「劍外忽聞收薊北，初聞涕淚滿衣裳。卻看妻子愁何在，漫卷詩書喜欲狂。白日放歌須縱酒，青春作伴好還鄉。即從巴峽穿巫峽，便下襄陽向洛陽。」後面四句，全係想像。但後面四句的想像，乃是由「初聞涕淚滿衣裳」的感情所推蕩出來；而初聞涕淚滿衣裳的感情，祇有在後面四句的想像中才可得到滿足。

感情是幽暗漂蕩，無從把握的東西。感情的發抒，即是感情由幽暗而趨於明朗，由漂蕩而歸於凝定。要達到這一步，最好是不要訴之於概念性的陳述；因為若是如此，便可能進入到哲學或其他學問的範圍，而漸脫離了感情的本質。感情發抒的藝術性，常常是感情的形象化。在賦予某種感情以適當的形象時，此時的感情即隨形象而明朗，而凝定，而得到發抒的效果。例如白居易長恨歌，是以唐明皇與楊貴妃的悲劇為主題而作的。「長恨」即是此一主題的「題眼」。此詩從「蜀江水碧蜀山青，聖主朝朝暮暮情」起，一直到「梨園弟子白髮新，椒房阿監青娥老」止，凡二十句，都是長恨的「恨」的發展。但上面的發展，主要是用景物來烘托，而沒有直接從明皇自身加以描寫，則恨的高峰還沒有表現出來；於是白居易便通過自己的想像，寫出「夕殿螢飛思悄然，孤燈挑盡未成眠，遲遲鐘鼓初長夜，耿耿星河欲曙天」的四句，把一個因長恨而徹夜不眠的明皇的形象，顯露出來了，這便成為「恨」的發展的高峰。

這裏也引起了一個插話。宋邵博《聞見後錄》一九，對「孤燈挑盡」的想像，不以為然；而謂「寧有興慶宮中夜，不燒蠟油，明皇親自挑燈者乎？書生之見可笑。」以後許多人便附和邵博的這一說法；陳寅恪在《元白詩箋證》第一章中就說這是因為長恨歌係在白居易未任翰林學士以前所寫的，不明白宮禁夜晚是燒燭的情狀。殊不知當時的富貴人家及遊樂之地，已多是燒蠟油，杜牧「蠟燭有心還惜別，替人垂淚到天明」，即其證明。白居易作長恨歌時，早成進士，豈有連宮禁中燒燭的情形，也不知道。問題是在：明皇到底是燒燭或挑燈，不是考證上的問題，而是何者適於反映出明皇淒涼寂寞的情景問題。李白心中的愁，要求他說出「白髮三千丈」，他便說出「白髮三千丈」。在白居易對明皇因長恨而不能入睡的想像中，要求的是挑燈，他便說是挑燈。想像的合理性，不應當用推理、考證的眼光來加以衡量，而是要由想像中也含融的感情，與想像出來的情景是否能夠勻稱得天衣無縫，來加以衡量的。何況今人在上床睡覺時，常將光線強的電燈轉換為紅綠色的微弱燈光。何以見得明皇睡在床上時，不會不願用強光的燒燭，而偏要用光線較弱的油燈呢？

四

由感情的積鬱太深太厚，不是日常生活範圍中的想像可以表達出來，便常於不知不覺之中，伸入到神話中去了。因為屈原是「憂心煩亂，不知所愬」，所以《離騷》中的想像，便常和神話結在一起；他不知所愬的感情，便和由想像所連結的神話，共飛揚上下而馳騁。並且可以說，只有經過作者塗上了感情的神話，才能成為文學取材的一種重大要素；否則神話是神話，文學是文學。羿妻偷藥，奔入月宮，這即是月中的嫦娥，此種簡單神話，有什麼文學意味呢？但李商隱卻唱嘆出「嫦娥應悔偷靈藥，碧海青天夜夜心」的詩句；把他與妻結婚，因為得不到有權有勢的丈人的歡心，以致他和妻，一生潦倒悽涼的情景，隨嫦娥的孤寂，而同樣標蕩於碧海青天之中的感情發抒出來了，嫦娥偷藥的故事在此處也因感情化而文學化了。

由感情逼出想像所構成的文學，這常是第一等的文學。《紅樓夢》所以能成為第一流的文學作品，是因為《紅樓夢》中的想像，主要是由曹雪芹「字字看來皆是血」的感情所逼出來的。這是感情在先，想像在後。但更多的情形，則是想像在先，感情在後；感情是由想像所引出的。於是作品的高下，便常由想像所能引出的感情的程度作衡量。蒲留仙的《聊齋誌異》，紀曉嵐的《閱微草堂筆記》，都是說狐說鬼，都有很豐富的想像。並且紀曉嵐的文筆精潔，各篇的結構富於變化；表現了他高度的文學技巧。但凡是看過兩部書的人，應當有一種共同印象，即是：在《聊齋誌異》的若干故事中，我們的感情，常常受到故事內容的感染。而看完《閱微草堂筆記》後，只是冷冰冰地，讀者與故事，乃兩不相干之物。因此，儘管紀氏的學問比蒲氏大；但兩書在文學的價值上，紀氏的作品，卻遠不及《聊齋誌異》，為什麼？蒲氏能由想像而引出深厚的感情，紀氏則沒有用上這一套工夫，於是其他的文學技巧，也只是一種文學技巧而已。至於袁子才《子不語》，其所以成為東施效顰，原因也正在此。這一點，或者可以適用於各種小說的批評上去。

五

想像是文學表現的重要手段，但並非是唯一的手段。想像以外，還有推理、體認、觀察、觀照等等。但想像經常或多或少的與上述那些手段，親和在一起，使其得互相發揮的效用。

想像與觀照，似乎是立於對蹠的地位，最不容易發生親和的關係；因為觀照是「現前」的事物；而想像則不是現前的事物。在中國的詩裏面，寫景佔很重要的地位，亦即是觀照佔很重要的地位。但把想像與觀照作關連的表現時，卻反而可以增加表現的效果。杜甫〈秋興〉八首中的一、二兩首，即是運用這種手段。秋興一、二兩首在表現上最大的特點，是他在一聯的詩句中，作遠與近，今與昔，兩相對照地表出，由此以增加感情活動的往復跌宕，使詩的體勢，隨遠近今昔的對照，而得到開闔頓挫之妙。例如：

江間波浪兼天湧（近），塞上風雲接地陰（遠）。叢菊兩開他日淚（昔），孤舟一繫故園心（今）。

聽猿實下三聲淚（今），奉使虛隨八月槎（昔）。畫省香爐違伏枕（昔），山樓粉堞隱悲笳（今）。

遠的昔日，是來自想像。近的今朝，是來自觀照。詩裏這種例子很多。有名的王漁洋〈秋柳〉詩「他日差池春燕影（對春柳的想像），祇今憔悴晚煙痕（對當前秋柳的觀照）。」正是相同的手法。

還有在一句之中，觀照與想像並用，一則由此以窮觀照之量。二則由此以使被觀照的事物，得以觀照出它的精神。杜甫「浮雲連海岱，平野入青徐」。「浮雲」「平野」，都是當前的觀照；浮雲而連海岱，平野而入青徐，這便在觀照中加入了想像，必如此而始能窮盡觀照之量。常建「山光悅鳥性，潭影空人心」；「山光」「潭影」，是當前的觀照；至於山光而能悅鳥性，潭影而能空人心，則是得之於想像。然必加入此種想像，才能把山光之美，潭影之清，完全寫出。這更是在中國詩中所常用的手法。而就想像來說，可以說這是解釋地想像。

在觀照中的想像，它所含的感情，多是淡泊虛和的感情，所以感情的氣氛不夠濃厚；常常是隱而不顯。但不能因此忽視了文學的想像，必然會和感情連結在一起的這一實事。

中國文學中的想像與真實

——〈中國文學中的想像問題〉補義

一

我在〈中國文學中的想像問題〉一文中，說明由感情所逼出的想像，與感情融和在一起的想像，才是文學的想像，也即是文學的真實。這一觀點，可以解釋文學中與想像有關的許多問題，大概是可以成立的。但若僅以想像中的感情來說明想像的真實性，還不夠周衍，我應當補出下面的兩種情況。

我在上文中，曾引用過文捷斯特（T. C. Winchestes）所概括出的三種想像。在三種想像中的第二種想像是「聯想地想像」，這是文學家應用得最多的想像。所謂聯想的想像，是「依類引伸」出來的想像。我國《詩經》中的比和興，都可以說是這種聯想的應用。「關關（雌雄相應之和聲）睢鳩，在河之洲」，這是真實的情景，「窈窕淑女，君子好逑」，這是真實而合理的願望。詩人通過自己聯想地想像，將兩個本不相干的事物，融合在一起，因而能把淑女與君子的結合烘托出一番欣慰的氣氛；此時的想像，自然而然地不發生真實不真實的問題。由此種想像所烘托出的欣慰的氣氛，乃人情所應有，這便是文學的真實。

聯想地想像的盡量發揮，常表現於小說創作之上。我的看法，一部成功的小說，都是通過聯想地想像，把散見於社會中的某些現象，以凝縮成一篇小說中的情節；把散見於各種人群中的某些生活，凝縮為小說中的人物；聯想力愈大，凝縮力愈強的，小說中的情節和人物的典型性也愈大愈強。被聯想到的「原始資料」固然是真實的；被凝縮而集中為主題的人物與情節，假定凝縮、集中得成功，則在聯想過程中必然會滲入進「體認」與「洞察」的工夫和能力，以發現出散於社會上，人生中的某些現象與生活，不僅是可以凝縮、集中的，並且只有加以凝縮、集中後，其本來的特性，其本來的意味，始能較完整地表現出來，始能為人所感受到。一部《儒林外史》，是把綿亙千百年，散佈全社會的知識分子在科舉下，由中毒而來的醜態，凝縮、集中在幾個人物，幾個情節上，表現出來；使模糊閃爍的這些醜態，得因此而明朗起來，確定起來，於是科舉下的知識分子的真實，便容易為人所把握到了。這是文學家通過創造的心靈，所創造出寫「原始資料」無法表現得出來的真實。科學地真實是由科學家的發明而見；文學地真實是由文學家的「發見」而得。而發見的最大工具便是想像。

二

文捷斯特所說的第三種想像是「解釋地聯想」。所謂解釋，主要是指向兩個方面。一是對於某種情境所含有的意味的解釋。哲學家對意味的解釋是通過思辯；文學家則常常是通過描寫，以使某種意味成為人們容易感受到的具體形相。科舉的意味，是由《儒林外史》所描寫的具體形相而得以表現出來的。把不易捉摸的意味加以形相化，只有通過想像才有其可能。所要表現的意味若是真實，則為了解釋這種意味所成立的想像也是真實的。

解釋的想像所指向的另一方面，是人的行為動機；由動機而銜接到心理狀態。為了深入去把握某人何以會有某種行為；尤其是何以會有與某外在的條件不相符應的行為，這便自然而然地要求在行為的動機上、心理上，作一番解釋；而這種解釋，通常只能通過文學家的想像得之；文學家之所以成為文學家，便是在他不走科學的調查，實驗之路，而只憑自己由經驗、體認所積累的想像之力，以得到目前心理學家所無法得到的解釋。下面的故事，或者在我國是一個最早出現的例子。《左傳》宣公二年：

宣子驟諫，公（晉靈公）患之，使鉏麑賊之（暗行刺殺）。晨往，寢門闢矣；盛服將朝（指宣子），尚早，坐而假寐，麑退而嘆，而言曰，不忘恭敬，民之主也；賊民之主不忠；棄君之命，不信。有一於此，不如死也。觸槐而死。

後來有人對上面敘述發生了懷疑。因為鉏麑行刺時所說的話，是誰人能聽到，而為史臣所記載呢？在古代希臘的史籍中，也曾出現這種情形；卡西勒在其《原人》的〈歷史〉一章中曾加以解釋，我這裏不深涉到此一問題；而只指出：鉏麑受君命去刺殺趙宣子，何以有刺殺的機會，卻自己觸槐而死呢？當時的史學家感到對此應加以心理上的解釋，便通過自己的想像而加以解釋了。這種由想像而來的解釋，在史學中是特例，但在文學中則是常例；此種解釋的真實性，決定於所能解釋的程度。如果解釋得天衣無縫，使讀者所挾的疑團，渙然冰釋於不知不覺之中，這也是發現了一般人所不能發現的真實。

還有，一般人的心理狀態，並不表現於行為之上（語言也是一種行為）。而「深層心理」，也不表現於一般意識活動之上。未表現為行為的心理，未浮上到意識層的深層心理，可能是人生中最真實的一部分。對於上述的心理狀態，若通過想像的手段表達出來，這便近於一般所說的心理小說。不通過想像的手段，而要當下就深層心理的原有狀態表達出來，這便是意識流的小說和白日夢的詩。我在此處，不深入到這種問題的內部去；而僅指出，西方有人把意識流，白日夢的文學，稱為「新寫實主義」；則通過想像以描寫這種心理的想像，也不能抹煞其真實性。

三

最後，我要順便一提的是，有的研究西方文學的人士，曾倡言「中西文學之不同，在於中國文學中的想像力的貧乏」。這一點，應分兩方面來了解。一方面是：在中國傳統文學中，實用性的文學——序傳、論說、書奏等等，佔有很重要的地位；在這類文學中，當然不容許有豐富的想像活動。民初以來，因受西方文學的影響，許多人把這一類的文學評價得很低；而另標出「美文學」或「純文學」，以資與西方文學較一的長短。但西方因報紙雜誌等的發達，實用性的散文，在文學中已日居於重要的地位，這已被西方的文學史家、文學理論、批評家所注意到了。所以中國文學保有實用性的文學傳統，並不是壞事。凡是拿西方文化中一時的現象、趨向，以定中國文化的是非得失，我願借此機會指證出來，這是相當危險的方法。

問題的另一方面，即是就中國文學中的所謂純文學而言，若說它的想像力貧乏，等於是說中國文學的貧乏。因為沒有想像，便沒有文學。過去普及於社會大眾的《千家詩》的第一首程明道的「時人不識余心樂，將謂偷閒學少年」，時人對於程明道「傍花隨柳過前川」的看法，程明道只能在想像中得到。長恨歌的「回頭一笑百媚生，六宮粉黛無顏色」，楊貴妃初入宮時的傾動，白居易只能於想像中得到。說中國文學中的想像力貧乏，我實在不能了解這種話的意義。但中國從西周初年起，已開始擺脫原始宗教而走向「人文」之路。印度佛教進入到中國後，也只發揮其無神論的一方面；並將印度的各種「大地震動」這類的奇特表現，逐漸轉變而為「平常心是道」的平常的表現。人文的世界，是現世的，是中庸的，是與日常生活緊切關連在一起的世界。在此種文化背景、民族性格之下，文學家自然地不要作超現世的想像；不要作慘絕人寰，有如希臘悲劇的走向極端的想像。中國文學家生活於人文世界之中，只在人文世界中發現人生，安頓人生；所以也只在人文世界中發揮他們的想像力。中國不發展史詩（《詩經》中便有不少史詩），是因為中國的史學發展得太早。中國不出現悲劇，是因為中國民族的性格，文化的性格，不願接受走向極端的悲劇。這其中沒有能不能的問題。我們鄉下流行一個故事，在演漢劇中的「司馬師逼宮」的一齣戲時，演司馬師的大花臉，演得非常逼真，把皇后逼得走投無路；有個看戲的農夫，撿起一塊石頭投上去，把大花臉的頭打破一個洞；這個農夫和許多鄉下人由此而消了一口氣。因為「太過火了」。這個故事，未嘗不是一個意味深長的反映。假定說中國文學的發展受到了限制，乃是受到長期大一統的專制政治上的限制。我們不要把問題弄錯了方向。

儒道兩家思想在文學中的人格修養問題

一九六九年九月，我第二次來香港擔任中文大學新亞書院哲學系客座教授（第一次是一九六七年春季），先以「哲學家的任務」為題，作了一次例行的講演。過了不久，唐君毅先生要我再講一次，我便選定這裏所標出的題目，可以說是中國哲學與文學之間的題目。講完後，反應很熱烈。第二天唐先生向我說：「復觀兄昨天所講的內容，我們也可以想得到。但若非從你口中講出，便不會給聽者以那種感動」。真的，從內容看，本極尋常；加以在新環境下準備上課材料，時間也非常忙遽；所以沒有進一步整理成一篇文章。現唐先生墓有宿草，而我又以衰年得此絕症，每念前塵，感傷不已。現清出當時講演殘稿略加補綴，凡經十日而成。雖論證較講時稍詳，但可給聽者以感動的精神氣味，已隨時間而一去不可復反，益增悵觸。

一九八〇年十一月二十九日燈下補記

一

首先應說明的是：各民族的文學創造，必定受到各民族傳統及流行思想的正、反、深、淺各種程度不同的影響。中國文學自西漢後，幾乎都受有儒道兩家直接、間接的影響；六朝起，又加上佛教。由思想影響，更前進一步，便是人格修養。所謂人格修養，是意識地，以某種思想轉化、提昇一個人的生命，使抽象的思想，形成具體的人格。此時人格修養所及於創作時的影響，是全面的，由根而發的影響。而一般所謂思想影響，則常是片段的，緣機而發的。兩者同在一條線上滑動，但有深淺之殊，因而也有純駁之異。

其次應當說明的是：人格修養，常落實於生活之上，並不一定發而為文章，甚至也不能發而為文章。因為人格修養，可形成創作的動機，並不能直接形成創作的能力。創作的能力，在人格修養外，還另有工夫。同時文學創作，並非一定有待於人格修養。原始文學，乃來自生活中喜怒哀樂的自然感發，再加以天賦的表現才能，此時連思想的影響也說不上，何待於人格的修養。所以各民族原始文學的歌謠，常出現於文字創造之前；即使有了文字以後，也有不識字的人能創造歌謠。及至「文學家」出現，當然要有基本學識，更需要由過去文學作品中獲得創作經驗，得到創作啟發與技巧。愈是大文學家，此種工夫愈為深厚。杜甫說「讀書破萬卷，下筆如有神」；又勉勵他的兒子，應「熟精文選理」，都是說明此點，這也可以說是一種「修養」；但這是「文學修養」。文學修養深厚而趨於成熟時，也便進而為人格修養；但也並非以人格修養為創作的前提乃至基本條件。文學中所反映出的作者的個性（性情），多為原始生命的個性，不一定是由修養而來的個性。

但文學、藝術，乃成立於作者的主觀（心靈或精神）與題材的客觀（事物）互相關涉之上。不僅未為主觀所感所思的客觀，根本不會進入於文學藝術創作範圍之內。並且作者的主觀，是可以塑造而上昇或下墜，形成許多不同的層次。進入於創作範圍內之客觀事物，雖賦予以形象性的表出；但成功作品中的形象性必然是某客觀事物的價值或意味。客觀事物的價值或意味，在客觀事物的自身，常隱而不顯，必有待於作者的發現，這是創造的第一意義。由文學、藝術家發現客觀事物的價值或意味，與科學家發現客觀事物的「法則」其間最大不同之點，在於法則只有一個層級，因而有定性定位，一經發現即固定於一個位置而沒有變化。價值，意味則有高低淺深等無限層級，可以說是變動不居的。同一題材的客觀事物，可以容納無數創作的原因在此。對客觀事物價值意味所含層級的發現，不關係於客觀事物的自身，客觀事物自身是「無記」的，無顏色的；而係決定於作者主觀精神的層級。作者精神的層級高，對客觀事物價值，意味所發現的層級也因之而高；作者精神的層級低，對客觀事物價值，意味所發現的層級也低。決定作品價值的最基本準繩是作者發現的能力。作者要具備卓異的發現能力，便需有卓越的精神；要有卓越的精神，便必需有卓越的人格修養。中國較西方，早一千六百年左右，把握到作品與人的不可分的關係（見拙著〈文心雕龍的文體論〉），則由提高作品的要求進而提高人自身的要求，因之提出人格修養在文學藝術創造中的重大意義，乃係自然的發展。

二

中國只有儒道兩家思想，由現實生活的反省，迫進於主宰具體生命的心或性，由心性潛德的顯發以轉化生命中的夾雜，而將其提昇將其純化，由此而落實於現實生活之上，以端正它的方向，奠定人生價值的基礎。所以只有儒道兩家思想，才有人格修養的意義。因為這種人格修養，依然是在現實人生生活上開花結果，所以它的作用，不止於是文學藝術的根基，但也可以成為文學藝術的根基。印度佛教在中國流行後，所給與於文學的影響，常在喜惡因果報應範圍之內，這只是思想層次的影響，不是由人格修養而來的影響。由人格修養而給文學以影響的，一般都指向佛教中的「禪」。但如實地說，禪所給與於文學的影響，乃成立於禪在修養過程中與道家尤其是莊子兩相符合的這一階段之上。禪若更向上一關，便解除了成就文學的條件。所以日本人士所誇張的禪在文化中，文學藝術中的鉅大影響，實質是莊子思想借屍還魂的影響。試以道家中的莊子，禪宗中的壇經，互作比較如下：

①動機　道：解脫精神的桎梏
　　　　禪：因生死問題發心

②工夫　道：無知無欲
　　　　禪：去「貪瞋癡」三毒

③進境　道：「至人之心若鏡」
　　　　禪：「心如明鏡臺」

④歸結　道：「故勝（平聲）物而不傷」
　　　　禪：「本來無一物」

由上比較，道與禪僅在②與③的兩點相同。但禪若僅如此，便不足以為禪，禪之所以為禪，必歸結於「本來無一物」。道家由若鏡之心，可歸結為任物，來而不迎，去而無繫（「不將不迎」），與物同其自然，成其「大美」，此之謂「勝物而不傷」。由此可以轉出文學，轉出藝術。禪宗歸結為「本來無一物」，除了成就一個「空」外，再不要有所成。凡文人、禪僧，在詩文上若自以為得力於禪，實際乃得力於被五祖所呵斥，卻與道相通的「心如明鏡臺」之心，而以此為立足點。既以此為立足點，本質上即是「道」而非「禪」。所以這裏只舉道而不及佛，也可以說道已包含了佛。

三

從西漢起儒生已因各種要求，追求儒道兩家的思想。若就人生、社會、政治而表現於作品之上時，由賈誼起，在一篇作品中的積極地一面，常是出於儒家；由積極而無可奈何轉為消極時，便由儒家轉入道家。其間，大概只有班固是例外。這說明兩漢的大作家已同時受到儒道兩家或淺或深的影響。但漢人常把儒道兩家由外向內的發掘，發掘到生命中的心或性，再由心或性向外發皇的工夫歷程加以略過，偏向於向外的虛擬性的大系統的構造，不一定把握到心或性的問題；這在道家尤為顯著。因此，他們接受的是道家消極地人生態度與方法，但不一定把握到道家的「虛、靜、明」的心；這便不容易由外鑠性的思想影響，進而為內在化的人格修養。對儒家也重在積性的功用，與人格修養的工夫尚有距離。

經東漢黨錮之禍，再加以曹氏與司馬氏之爭，接著又是八王之亂，知識分子接連受了三次慘烈地打擊，於是儒家的積極精神自然隱退，代之而起的是「以無為體」的新形上學，亦即是當時的所謂「玄學」，以此掩飾消極地逃避地人生態度。這是以老子為主的前期玄學。此種玄學影響到文學創作上，便出現了「正始（魏廢帝年號）明道（倡明道家思想），詩雜仙心（超出現實世界之心）。何晏之徒，率多浮淺」；及「江左篇製，溺乎玄風。……而辭趣一揆，莫與爭雄」（以上皆見《文心雕龍．明詩篇》）用現代的語言表達，這是抽象地哲學詩，這種詩，乃是由道家思想的外鑠而來，不是由人格修養的內發而出。

但江左玄風是以莊子為主。在長期莊學薰陶之下，他們也不知不覺地「撞著了」莊子所提出的「虛、靜、明」之心。我在《中國藝術精神》一書的第二、第三、第四各章中，已再三指出「虛、靜、明」之心，乃是人與自然，直往直來，成就自然之美的心，我便說這是藝術精神的主體。所以意識地自然美的發現，及文學藝術理論的提出與發展，皆出現在此一時代。由此再進一步，便是劉彥和在《文心雕龍．神思篇》中為文學所提出的道家思想的人格修養。他說：

是以陶鈞文思（如陶工用模盤以成器樣，此蓋塑連提升之意）貴在虛（無成見故虛）靜（無欲擾故靜）。疏瀹（疏通調暢）五藏（臟）、澡雪（成疏，猶精潔也。按不雜則精，不污則潔）精神。

按莊子所提出的心的本來面目是「虛、靜、明」；此處未言及明，蓋虛靜則明自見。為了陶鈞文思，亦即為了塑造，提昇自己文學心靈活動的層級、效能，而貴在能虛能靜，以保持心的本來面目；心是身的主宰，這便是意識地以道家思想修養自己的人格、作為提高創作能力的基礎。下面兩句見於《莊子》〈知北遊〉篇，乃達到虛靜的修養工夫。這是玄學對文學、藝術發生了約兩百年影響後所達到的一個最高到達點，通過劉彥和的筆寫了出來。所以他所提倡的寫作態度，是「秉心養術，無務苦慮，含章司契，不必勞情」（〈神思篇〉）。這與陸機《文賦》所提倡的勤苦積極精神成一顯明對照。而他的

〈養氣篇〉的所謂養氣，上不同於孟子，下不同於韓愈，實乃道家的養生論對文學作者的進言。他認為「率志委和，則理融而情暢，鑽礪過分，則神疲而氣衰」。更以由三皇到春秋時代，「雖沿世彌縟，並適分胸臆，非牽課才外。」而以「漢世迄今……慮亦竭矣」。他主張「從容率情，優柔適會」。「吐納文藝，務在節宣；清和其心，調暢其氣，煩而即捨，勿使壅滯。意得則舒懷以命筆，理伏則投筆以卷懷。逍遙以針勞，談笑以藥勸……雖非胎息之邁術，斯亦衛氣之一方也」。總結他的意思是「元神宜寶，素氣資養。水停以鑒，火靜而朗」（以上皆見〈養氣篇〉）。可以說這是前引〈神思篇〉四句話的發揮。由此可知他對修養問題的見解是統一的。也可以說，他的思想的基底是出自道家。由此再進一步，便只好出家當和尚，於是寫《文心雕龍》的劉勰成為空門的慧地了。

前面已經提到，以道家思想為文學修養之資，便常對人生社會政治採取消極逃避的態度，此時形成創作動力，作為創作對象的，常是指向自然的「興趣」。劉彥和因此而寫出了非常出色的〈物色篇〉，他說「是以四序紛迴，而入興貴閒。物色雖繁，而析辭尚簡」。「尚簡」是技巧問題，「貴閒」則是虛靜的心靈狀態。何以「入興貴閒」？他已說過：「水停以鑒，火靜而朗」。無人世利害關係的自然景物，只能進入於虛靜之心而呈現其美的意味。蘇東坡〈送參寥師〉詩：「欲使詩語妙，無厭空且靜。靜故了群動，空故納萬境」，也是這種意思。順著玄學之流而再下一格的，便是梁文帝（蕭綱）之所謂「文章且須放蕩」（〈戒當陽公大心書〉），由此而「連篇累牘，不出月露之形，積案盈箱，惟是風雲之狀」（隋李諤上隋文帝書中語）。這正是順著這一脈流演下來的。

四

若如上所說，則何以許多人認為〈原道篇〉的「道」，是道家的「自然之道」，而我又堅持原道的「道」，指的是「天道」；並且此天道又直接落實於周公孔子的道呢？這很簡單，〈物色篇〉第一段之所謂「文」，乃指藝術性而言。這段先說「日月疊璧」等，是藝術性的天道。接著說由藝術性的天道所生的萬物之靈的人，也生而即具有藝術性，他認為這是自自然然地道理。此處扯不到道家的「自然」上去。

然則劉彥和為什麼寫〈徵聖〉、〈宗經〉等篇，並且通過全書看，他非常推崇儒家的「聖」與「經」，遠在道家之上呢？這裏有四點提出加以解釋。

第一，儒道兩家有一共同之點，即是皆立足於現實世界之上，皆與現實世界中的人民共其呼吸，並都努力在現實世界中解決問題。道家「虛靜之心」，與儒家「仁義之心」，可以說是心體的兩面，皆為人生而所固有，每一個人在現實具體生活中，經常作自由轉換而不自覺。儒家發展了「仁義」的這一面，並非必如有的宋儒一樣，必須排斥「虛靜」的一面。所以孔子也提出「仁者靜」的意境。道家發展了「虛靜」的一面，並非必如莊子中的〈盜跖篇〉樣，必須排斥「仁義」的一面。所以老莊提出「大仁」「大義」，極其究，皆未嘗不以天下百姓為心。老莊以後的道家，尤其是魏晉玄學，才孤立於社會之上。儒道兩家精神，在生活實踐中乃至在文學創作中的自由轉換，可以說是自漢以來的大統。因此，劉彥和由道家的人格修養而接上儒家的經世致用，在他不感到有矛盾。

第二，僅憑虛靜之心，可以成就一個人在現實生活中對自然之美的觀照，但並不能保證把這種觀照寫成作品。要把觀照所得寫成作品，還需要有學問的積累與表現技巧的薰陶。所以彥和在前引四句的後面，接著便是「積學以儲寶，酌理以富才（才指表現的能力）。研閱以窮照（研究檢閱各家作品，以徹底了解各種文體的變化），馴致以懌辭（由不斷練習以達到表現時文字語言的流暢）」。前兩句是學問的積累，後兩句是技巧的薰陶，有了這兩個條件，以充實虛靜之心，才能從事於持久的創作。但這已突破了原有道家羈勒而伸入到儒家的範圍。因儒家承傳，發展了歷史文化，成為學問的大統。彥和在〈宗經篇〉說「至若根柢槃深，枝葉峻茂……是以往者雖舊，餘味日新，後進追取而非晚，前修文用而未先，可謂太山徧雨，河潤千里者也」。又說「若稟經以製式，酌雅以富言，是仰山而鑄銅，煮海而為鹽也」。這並非虛擬的話。並且能以虛靜之心追求學問，只會提高效能，決無所扞格。荀子以心的「虛靜而一」，為知道的根源條件，即其明證。

第三，彥和是由文學的發展以作文學的批評。所以他主張「沿根討（求）葉，思轉自圓」（〈體性篇〉）。中國有文字的文學的根，只能求之於儒家的經。他在〈宗經篇〉說「故論說辭序，則易統其首。詔策章奏，則書發其源。賦頌歌讚，則詩立其本。銘誄箴祝，則禮總其端。紀（記）傳銘（盟）檄，則春秋為根。並窮高以樹表，極遠以啟疆。所以百家騰躍，終入環內者也。」；這說的正是文學發展的事實。則在文學發展中追求文學的根，自然接上了周、孔。

第四，彥和寫《文心雕龍》的基本用心，在於從形式與內容兩方面挽救當時文學的衰弊。而形式與內容，劉彥和認為是不可分的。他說「宋初訛而新」（〈通變篇〉）。

「自近代辭人，率好詭巧。原其為體，訛勢所變。」「密會者以意新得巧，苟異者以失體成怪……新學之銳，則逐奇而失正。勢流不反，則文體遂弊。」（以上皆見〈定勢篇〉），「殷仲文之孤興，謝叔源之閒情，並解散辭體，縹渺浮音。雖滔滔風流，而大澆文意。」「自中朝貴玄，江左稱盛。因談餘氣，流成文體。是以世極迍邅，而辭意夷泰。詩必柱下（老）之旨歸，賦乃漆園（莊）之義疏（時序）。」（〈才略篇〉）。他對自身所處的宋代，則採「世近易明，無勞甄序」（〈才略篇〉）的態度；但由一個「訛」字亦可概括。這類批評，全書隨處可見。總之，從形式上說，是因訛勢而「失體成怪」，就內容上說，則因玄風而膚淺無用。他要「矯訛翻淺」，不能在「因談餘氣」中找出路，而只有「還宗經誥」（〈通變篇〉）。這便不能不由道家回到儒家的大統，亦即是回到文學的主流。他在〈序志篇〉總結的說：「唯文章之用，實經典枝條。五禮資之以成，六典因之致用。君臣所以炳煥，軍國所以昭明。詳其本源，莫非經典。而去聖久遠，文體解散。辭人愛奇，言貴浮詭……雜本彌甚，將遂訛濫。蓋周書論辭，貴乎體要。尼父陳訓，惡乎異端。辭訓之異，宜體於要。於是搦筆和墨，乃始論文。」他當迍邅的世運，未嘗無救世之苦心，於是想把文章的形式與內容，挽回到儒家經世致用的大統；但還要保持漢魏以來，抒情及文采上的成就，於是因夢見孔子而發心，以「徵聖」「宗經」為主導寫成《文心雕龍》一書，這與他主張以道家的虛靜為文學的修養，並無扞格。我們只要留心現代反孔反儒最烈的人，多是成見最深，胸懷鄙穢之輩，便可反映出虛靜之心的意義了。

五

站在文學的立場，自覺地、很明確地，以儒家思想作人格修養工夫，大概始於韓愈。（大曆三年—長慶四年、西元七六八—八二四）。唐書文藝傳序，雖謂「唐有天下三百年，文章無慮三變」；然終唐之世，朝野所通行的，畢竟以承江左餘風的駢四儷六文為主。這種形式僵化了的文章，必然氣體卑弱，內容空泛，所以自蕭穎士、李華、獨孤及、權德輿以來，已開始了古文運動，不斷要求以質樸救文弊。但至韓愈而始得到成熟，奠定以後發展的基礎。唐代在思想上，開國時雖張儒釋道同流並進之局，但玄宗以後，終以釋教為主導。在韓愈以前的古文運動，並未明顯地提出與古文形式相應的思想運動；至韓愈則不僅正面提出「文以載道」要求以文章的內容決定文章的形式；更進一步以儒家的仁義，作為人格修養之資，由道與作者生命自然的融合，發而為文章內容與形式的自然融合，以此達到文章的最高境界。從這一點說，則蘇東坡說他是「文起八代之衰，道濟天下之溺」（韓文公廟碑），不算沒有根據。茲就他〈答李翊書〉略加伸述。

將蘄至於古之立言者（古文），則無望其速成，無誘於勢利。養其根而俟其實，加其膏而希其光。根之茂者其實遂，膏之沃者其光曄。仁義之人，其言藹如也。

上文的所謂「古」是針對當時之「時」而言。所謂「古之立言者」，即是所謂「古文」，是針對當時的駢四儷六的「時文」而言。時文是長期的風氣，順著這種風氣寫文章，是因襲性的，其勢易。古文是反抗這種風氣來寫文章，是創造性的，其事難，所以說「無望其速成」。駢四儷六的時文章可以獵取功名，應付官場需要，而古文則沒有這種作用，可以說古文是為滿足文學自身要求所作的獨立性的創造，所以說「無誘於勢利」，這種反抗與勢利結合在一起的時文，以從事於古文的新創造，必須具有深厚遠大的胸襟，以形成持久不變的創造動機，這便必須有人格的修養，這便有後面的一段話。但這還是一般性的陳述。以後他分三段歷述自己進程的經驗，將上面一般性的陳述加以印證。

抑又有難者。愈之所為，不自知其至猶未也。雖然學之二十餘年矣。始者非三代兩漢之書不敢觀，（此蓋在學習上決然與四六文章的系統分途）非聖人之志不敢存（此蓋在趨向上決然不誘於勢利）。處若忘，行若遺（此言學習的專一）。儼乎其若思，茫乎其若迷（此言學有所得，但尚未能純熟）。當其取於心（取其所得者於心）而注於手也（而宣之於文），惟陳言之務去（此「陳言」指時文的陳腔濫調而言，指擺脫四六文的一套語言，非泛說），戛戛乎其難哉（使用時文以外的語言，等於是新創造一套語言，這是很不容易的事。當時只有他與柳宗元，宋代則要到歐陽修，才得到成熟）。其觀於人，不知其非笑之為非笑也，如是者亦有年。

此段敘述他開始立志之堅毅、取則之高卓、用力之勤苦、創造之艱辛。此乃在《文心雕龍・神思篇》「積學以儲寶」四句的階段。但加上了預定的意志與方向，便不同於「積學以儲寶」四句的泛指。

猶不改，然後識古書之正偽（按此處之正偽，係由思想內容言，不關文獻。如他以孔、孟為正，以老、韓為偽）與雖正而不至焉者（如他以「荀與揚，大醇而小疵」），昭昭然白黑分矣，而務去之，乃徐有得也（按此指對書中義理確有得於心，而加以別擇）。當其取於心而注於手也，汩汩然來矣（按此時已經純熟，故汩汩然來）。其於人也，笑之則以為喜（喜自己之為新創），譽之則以為憂（憂其擺脫時文不盡）。以其猶有人之說者存也。如是者亦有年，然後浩乎其沛然矣。吾又懼其雜也，迎而拒之，平心而察之（此就創作時，對內容的權衡取舍而言），其皆醇也，然後肆（發揮）焉。

上一段乃較前一段更進一步的消化、成熟之功。這已經是由知識而進入於修養。然此種修養工夫主要乃在臨文而始見；換言之，這是創作時的修養。下面一段，則正式進入而為平時（即未創作時）生活的人格修養。

雖然，不可以不養也（不可不養之於平時）。行之乎仁義之途，游之乎詩、書之源（源指文字後面的精神）。勿迷其途，無絕其源，終吾身而已矣。

以儒家思想，作平日的人格修養，將自己的整個生命轉化、提昇而為儒家道德理性的生命，以此與客觀事物相感，必然而自然地覺得對人生、社會、政治有無限的悲心，有無限的責任。僅就文學創作（不僅限於文學創作）來講，便敞開了無限創作的源泉，以俯視於蠕蠕而動的為一己名利之私的時文之上。范仲淹〈岳陽樓記〉中說：「嗟夫！予嘗求古仁人之心，或異二者（隨景物遭遇而或悲或喜）之為，何哉。不以物喜，不以己悲。居廟堂之上，則憂其民；處江湖之遠，則憂其君。是進亦憂，退亦憂，然則何時而樂耶？其必曰：『先天下之憂而憂，後天下之樂而樂乎！』」。這幾句話，庶幾可以形容以儒家思想修養人格所得的結果於一二。

六

這裏有幾點意思須提出加以補充。

第一、文學創造的基本條件，及其成就的淺深大小，乃來自作者在具體生活中的感發及其感發的淺深大小，再加上表現的能力。一個作者，只要有高潔的情操，深厚的同情心，便能有高潔深厚的感發，以形成創作的動機，寫出偉大的作品。此時的儒、道乃至其他一切思想，只不過是一種可有可無的外緣。斷不可執儒、道兩家思想乃至任何其他思想，以部勒古今一切的作品，甚至也不可以此部勒某一家的全部作品，這在詩的範圍內尤其明顯。但有一點不容忽視的是：一位偉大的作家或藝術家，儘管不曾以儒、道兩家思想作休養之資，甚至他是外國人，根本不知道有儒、道兩家思想。可是在他們創造的心靈活動中，常會不知不覺的，有與儒、道兩家所把握到的仁義虛靜之心，符應相通之處。因為儒道所把握的心，不是像希臘系統的哲學樣，順著邏輯推理向上向前（實際是向外）推出來的，而是沉潛反省，在生命之內，所體驗出來的兩種基源地精神狀態。不從表達這種精神狀態的形式、格局著眼，而僅從精神狀態的自身去體認，便應當承認「人同此心，心同此理」的判斷，任何人可以不通過儒、道兩家表現出來的格局，以自力發現、到達與儒、道兩家所發現、達到的生命之內的根源之地。世界上偉大作家、藝術家之所以成為偉大，正因為他們能發現、到達得比一般人更為深切。所以我年來常感到，從文學藝術上中西的相通，較之從哲學上中西的相通，實容易而自然。同時，也應指出不僅儒家思想對文學的最大作用，首先是在於加深、提高、擴大作者的感發；即以老、莊為主的道家思想，我們試從其原典的放達性的語言中，同樣可以聽到他們深重嘆息之聲。不錯，他們要從這種深重嘆息中求得解放，使精神得一安息之地，由此而下開以「興趣」為主的山水詩、田園詩。但沒有深重地嘆息，即沒有真正地精神解放感。而「興趣」與「感發」，兩者之間，是不斷地互相滑動，並沒有不可踰越的界域。不僅受老莊思想影響很大的阮籍的詠懷、嵇康的幽憤，感發多於興趣；即在陶淵明的田園詩中，難說僅有興趣而沒有感發？所以一個作者，可以有偏向於感發的作品，也可以有偏向於興趣的作品。王維的藍田、輞川等以興趣為主的作品，與他們的〈夷門歌〉、〈老將行〉等由感發而來的作品，氣象節律，完全不同，但同出於一人之手，即是很顯明的例證。魏晉的玄學詩何以沒有價值，因為它既無所感發，甚至也沒有真正的興趣，而只是將玄學化為教條而已。

第二、由韓愈所提倡的「文以載道」，更進而以儒家思想作文學的人格修養，是否束縛了文學發展的問題；換言之，強調了「道德」，是否束縛了「文學」的問題。由乾嘉學派的反宋儒，因而反桐城派的古文，提出此一問題以後，經五四運動以下，逮今日模擬西方反理性的現代文藝派，及在專制下特為發達的歌功頌德派，對這一點的強調，可說是愈演愈烈；以至祇要說某種作品是文以載道派，某種作品便被打倒了。我應藉此機會，將此問題加以澄清。

首先是：一位作者的心靈與道德規範，事實上是隔斷而為二，寫作的動機，並非出於道德心靈的感發，而只從文字上把道德規範套用上去，甚至是偽裝上去，此時的道德便成為生硬地教條。凡是教條，便都有束縛性、壓抑性，自然也束縛了文學應有要求的發展。

其次，假定如前所述，由修養而道德內在化，內在化為作者之心。「心」與「道德」是一體，則由道德而來的仁心與勇氣，加深擴大了感發的對象與動機，能見人之所不及見，感人之所不能感，言人之所不敢言，這便只有提高，開拓文學作品的素質與疆宇，有何束縛可言。古今中外真正古典地、偉大地作品，不掛道德規範的招牌，但其中必然有某種深刻地道德意味以作其鼓動地生命力。道德實現的形式可以變遷，但道德的基本精神，必為人性所固有，必為個人與群體所需要。西方有句名言是：「道德不毛之地，即是文學不毛之地」，這是值得今日隨俗浮沉的聰明人士，加以深思熟考的。

又其次：人類一切文化，都是歸結於為人類自身的生存，發展，文學也不例外。假定道德真正束縛了文學，因而須通過文學以反道德，則人類在二者選一的情勢之下，為了自身長久利益，也只有選擇道德而放棄文學。以反道德獵取個人利益的黃色作家、黑色作家，我認為與販毒者並無分別。

其實，真正束縛文學發展的最大障礙的，是長期的專制政治。假定把諸子百家的著作，都從文學作品去加以衡量，則先秦的作品，把詩經、楚詞包括在內，反成為中國文學發展的高峰；何以故？因為尚沒有出現專制政治。東漢文學何以不及西漢，因為開國的局面及言論尺度，西漢較東漢為寬大。宋代文學不如唐；明代文學不如宋；清代除明、清之際及咸光以後的文學外，不如明，是因為專制一代勝過一代。何以在改朝換代之際，反而常出現好的作品，因為此乃新舊專制脫節的時代。中國現代的三十年代作家，何以在共黨統治下都失掉了光彩；而歌功頌德、反道德、反人性、反一切文化的作品，何以發展到亙古未有的絕頂，因為毛澤東的專制達到了亙古未有的絕頂。文學的生命是對人世、人類不合理的事物，而有所感發。在專制之下，刀鋸在前，鼎鑊在後，貶逐饑寒瀰漫於前後之間，以設定人類良心所不能觸及的禁區；凡是最黑暗、最殘暴、最反人性的，禁區的禁愈嚴，時間一久，多數人變痲木了，有的人變為走向反面的爬蟲動物了。最好的作家，為了求得生命最低條件的存在，也不能不自覺地或不自覺地限制自己的感發，或在表達自己的感發時，從技巧上委曲求全，以歸於所謂「溫柔敦厚」。試以大文學家蘇軾為例：他於元豐二年（年四十四）三月，由何正臣等人，摭錄他的詩文表中若干文字，說他譏諷朝廷，送御史臺獄。想在他平日所作的十四首詩中，鍛鍊成他的死罪，這即是有名的「烏臺詩案」。從現在看來，他的詩文中是有偶然露出一點因感發而來的不平之氣，若連這點不平之氣也沒有，還作什麼詩呢？但竟因此把這位大天才陷於「魂飛湯火命如鷄」（〈獄中寄子由〉）的境地。他雖因神宗母親臨終時的解救，改在黃州安置，爾後又貶惠州，再貶瓊州，這都是不明不白的受了文字之累。他雖常以道家思想作自己遭遇中的排遣，如前後赤壁賦特為顯著，但到瓊州後，終於不得不以「管寧投老終歸去，王式當年本不來」之句，唱出他在專制下畢生的悲憤，這便不是儒、道兩家思想所得而擔當排遣的。中國歷史中無數天才，便在這種專制下壓抑以死。不從這種根本地方去了解中國文學乃至整個學術，何以會連續走著退化的路，卻把責任推到儒家的道德之教身上，以至今日稍有良知良識的智識分子，「來」無存身之地，「歸」無可往之鄉，較蘇東坡更為悲慘；於此而高談文學創作，使我不能不有一片蒼白迷茫之感了。

《華僑日報》一九八〇年十二月

弗諾特對現代文學的影響

一

弗諾特（Freud）的精神分析學，在心理學的範圍內，已經有不少的修正；大概現時的心理學家，只會把他當作一位深層心理的啟發者，恐怕沒有一個人會完全承認他所得出的結論。但對於在心理學的範圍之外的一般文化而言，尤其是在作為人自身表現的文學藝術而言，則不追溯到弗諾特的精神分析學，便對當前文學藝術的趨向，幾乎無法作合理的解釋。而且這種趨勢，正在方興未艾。這是值得探討的。

弗諾特的精神分析學，把人的精神分成三個部分。在人的生命最內層的，是無意識界；它有如水面下的冰山，為人平時所不覺，但它卻是一個最大的潛力量的存在。人的夢，是無意識的顯露；在正常情形之下，人只有通過夢而可以與無意識界接觸。

在無意識界的上層是意識界，亦稱為「自我」。意識的活動，主要是將向上浮起的無意識，作與環境是否相適應的較量，而將其與環境衝突的，抑壓下去，以維持社會生活的秩序。但這乃是利害上的較量，是屬於功利的性質。在自我的上面，乃有所謂「超我」，即一般所說的良心，這乃倫理道德之所自出。意識與無意識能保持調和的，是正常的人；失掉了調和而不斷發生抑壓與反抗的衝突的，便成病態。弗諾特氏上面的分析，與一般傳統的觀念，似乎並沒有多大出入；然則他的問題是出在甚麼地方呢？

二

首先，弗諾特所說的無意識，不僅是以性欲為其內容；而且他把性欲強調得太過，認為小孩子的吃奶、吮手指頭，都是一種性的行為；由此類推下去，他構成了「唯性的人生觀」。這不僅抹煞了人生其他方面的意義，而他的這種結論，只是由過分的推論而來的誇大的解釋，不能算是真正的科學。

其次，弗諾特以為人生的幸福，第一為愛美。而美的魅力，都是性的第一屬性。所以人的生活，及由生活所生出的文學藝術的作品，都是性欲採取某種轉形而加以昇華的。例如文藝復興時代的大畫家利俄阿托所畫的女人像，完全是純潔的，並看不出有一點性的氣氛；而在利俄阿托的遺稿中，很明白的拒絕了一切屬於性方面的東西。但在弗諾特看起來，認為他依然是受有變態性欲的影響。這樣一來，便形成了他的「唯性的文化觀」。

還有，弗諾特雖然承認在無意識界之上，有意識的自我，及良心的超我；但在他的排列順序上，無意識界才是一個人的生命的根源；而意識、良心，都是漂浮在生命之上，不足輕重的東西。並且他用「自由聯想」的方法，把一個神經病人受了抑壓的無意識界，解放出來，成為精神治療上的重要方法；則任何人的無意識界的解放，為甚麼又不算是人的生命力的解放？為甚麼這種生命力的解放，不算是使人得到了不受抑制的更為自由之姿呢？弗諾特本是以病理的變態，作為了解人生奧秘的鎖鑰的。他的思想能向文化方面廣泛的浸透，大概在這種地方可以找出它的理由、經絡。

三

直接受精神分析學影響的小說家，首先應當數詹姆士・喬易斯（James Joyce）；他讀盡了弗諾特的著作，而加以消化；*Ulysses* 是他的代表作；他在此一小說中，採取「意識流」的內心獨白的形式，成為第一次大戰後心理主義文學的代表。羅倫斯（D. H. Lawrence）也非常受弗諾特的影響，他寫下了《查泰來夫人的愛人》、《兒子與愛人》等小說，以謳歌無意識的性欲，激烈反抗由因襲而來的文化，描寫原始地健康性的勝利。

在上述兩人以外，直接間接受了弗諾特影響的文學家、藝術家，不可勝數。但這也並非說弗諾特學說的自身，真有這大的魔力；而實在更有文學自身的問題及時代的問題，作其強大的背景，因而因緣時會，大家便不知不覺的都在時代的十字路口上碰上了面。

從文學自身上說，想把潛伏在人的內心深處，平時不為人所注意的東西，明白地表現出來；或者抓下世人偽善的假面具，而暴露其披毛戴角的原身，這是文學家亙古以來所共同努力的方向之一。精神分析學的思想與方法，可以說是對人生暴露的一種技術。此種暴露技術，在醫學上的臨床效果，遠不及給與於文學家的啟發性為大，可以說是當然之事。

在文學的表現技巧方面來說，十九世紀歐洲的自然主義的文學，其描寫的手法，到了福羅貝爾（G. Flaubert），可說已經達到了極致，也可說已經成了定型。要從這種定型的停滯中逃脫出來，以另開新境，這便是二十世紀初想在心理的、感情的、神秘的領域中，探索出為自然主義所不曾達到過的手法技巧的象徵主義。當前感受弗諾特很大影響的心理主義的文學，從表現技巧上說，也可以算是象徵主義探索工作的繼續。

更重要的是，十九世紀以來，由資本主義的爛熟所暴露出來的資產階級生活的腐爛，使敏感的文學家感到傳統道德倫理的虛偽。而經過兩次大戰以後，更使人感到傳統文化的脆弱，破壞的殘酷；再加以面對人類隨時可以完全毀滅的第三次大戰的恐怖，於是人們除了沉透到自己的深層心理中去，以把握住一個原始而幽暗的內在生命，以為人生的實體以外，覺得更沒有甚麼值得相信的東西，更沒有值得依恃的力量。弗諾特之所以成為這一悲劇時代的寵兒，在這裡更可以找出他十分的理由了。

《人生》第二十三卷第十一期　一九六二年四月十六日

中國文學討論中的迷失

——一九七九年九月二十二日在新亞研究所文化講座講辭

一

這個標題，只表示我年來的一種感想。

忘記了是去年還是前年，有位西德作家，來到香港，請胡菊人先生約幾位中國作家，談談作家如何可以盡到社會責任的問題，這可以說是中國傳統文學中的老問題。我看了明報月刊上會談的紀錄後，感到兩方並未能作相應的討論；因為中國方面的作家，對西德作家所提出的問題，根本採取否定的態度。假使西德那位作家，以為這幾位中國作家的意見，是由中國傳統文化而來的意見，便是一種莫大的誤解。我當時曾寫封信給胡菊人先生，沒有得到他的回信。

最近香港舉行一次極有意義的「中國文學週」，請了幾位專家，作文學方面的專題講演。從明報上的紀錄看，應以名小說家白先勇先生所講的「社會意識與小說藝術」的分量較重。但站在一個對中國傳統文化稍有常識者的立場來看，依然感到在討論中似乎迷失了什麼。魯莽地說，可能是把文學得以成立的根源及發展的大方向迷失了。好在白先生對中國傳統文化，是抱有好感的人；所以由此一相同的立足點提出不同的看法，應當是可以討論的。

白先生講話的要點是：

從五四以至三十年代之文學思潮，文藝被視為社會改革工具。這種功利主義的文學觀，使文學藝術性不再獨立。

無論五四的文學革命或後期的革命文學，兩派都有同一的精神，就是以文學為名，其實以社會改革為目的……而小說藝術反成其次。所以五四以來，左翼作家……在小說中往往流露強烈的社會意識。

由於十九世紀以來，中國知識分子紛紛興起救國的使命感，他們相信文學可改革人心……但現代批評家夏志清則指出，中國現代小說家對中國命運所背負的道德重擔，使他們流於一種狹隘的愛國主義。反不及許多西方作家往往能超越國籍，探討人生的意義，重視小說藝術性。

只要社會意識與小說藝術能互相取得平衡，溶和一致，內容與技巧協調，更能表現其時代精神。

唯有再加倍注重小說的藝術性，配以社會意識，才會有更深度之作品。

二

綜合白先生的意思，是認為五四以來的文學（他專指小說），因社會意識過剩，以致貶低了藝術的獨立性，限制了文學健全的發展。

白先生談的是小說，我稍稍擴大一下，想把詩歌、戲劇，也包括在裏面，這三者可以說是歷史中發展的關係，也可以說是文學中一個大家族的關係。在整個文化部門中，以文學這一部門的爭論最多。尤其是自達達主義興起以後，奇談怪論，風起雲湧。這種風潮大概慢慢地過去了。白先生的講話，是比較平實的。並且他也未嘗抹煞社會意識，而只要求社會意識與藝術性的均衡。這都是比較健全地說法。問題是出在他對社會意識的產生及其在文學創作中的根源性的作用，似乎沒有真切地把握到，因而不知不覺地把它加以外在化、疏離化。於是不認為文學的藝術性，是社會意識表現的自身要求，而強調藝術的獨立性。認為兩者的關係，不是生發的關係，而是配合的關係。尤其是忽視了文學的心靈，是緣文學家所處時代中的問題而發。十九世紀中國文學作品中的愛國精神，來自當時中國的生存發生了問題。西方許多文學家，探討人生的意義，是這些作家，對人生的意義發生了問題。從本質上說，兩者都是道德負擔的不同形態，不應在這種地方分高分下。並且談人生意義的作者，他的主題使他不談國籍問題，並非存心非要超越國籍不可。「世界文學」，不是成立於否定「國民文學」之上，而是成立於國民文學中所發掘出的徹底地、根源地人性，即通於世界的人性，於是最成功的國民文學，同時即是世界文學。文學家以人生意義為主題，也必由與他血肉關連的具體人們生活的洞察，發其端緒；所以文學中的鄉土氣，也是構成文學特性之一。我根本不相信存心要超越國籍，四腳凌空的人，而可以成為出色的文學家。白先生更不了解，包括香港在內的中國文學所遭遇的危機，是有的地方不准作家有真正地社會意識，有的地方，又不容易產生社會意識。於是所謂藝術性云者，只成為內容空虛的逃避所。白先生把問題看顛倒了，在這些地方，不能不使我有迷失之感。

三

從文學創造的動機動力來說，亦即是從文學得以成立的根源之地來說，中國文學，可以約略分為三大類型。

第一種是由感動而來的文學。感憤、感傷、感激、感慨，方便地都包括在「感動」一詞之內。從這一點說，文學家常是多情善感之人。第二種是由興趣而來的文學。中國因老莊思想之助，出現了不少特出的山水田園詩人。從這一點說，文學家常是悅生愛物之人。這兩類型的作者，雖然生命中感情的活動，有淺有深，有輕有重，但當其發生感動或興趣之時，都是把自己的感情，投入於對象之中，並將對象融入自己生命之內；此時感動、興趣的主體，與引起感動、興趣的客體，合而為一，要求表達出來，所以作品中必注入了作者的感情、氣質乃至整個的生命。這兩者都可稱為「內發的文學」。

第三種我方便稱之為由思維而來的文學。對前兩種內發的文學而言，或者亦可稱為外鑠的文學。因為作者並無主動地創作動機，只是因為外面有種要求、壓力，不能不創作，於是只好憑思維之力去建立觀點，尋覓主題，有如試帖詩、應酬文、為了換稿費、奉命寫宣傳等等皆是。從這一點說，文學家常是機靈巧思之人。這一類型的作品，因為作者的感情、生命，無法注入進去，便常特別在技巧上用心，亦即是在藝術上用心，想以藝術性的形式，掩蔽空洞無物的內容，所以在過去，應酬文中，常以駢四儷六之文為當行出色。假定批評這一類型作品的藝術性的格調不夠高，這不是來自作者對藝術性不曾「加倍」的留意，而是內容自然限制了藝術性的成就。

為避免誤解，還須補充說明一點，任何類型的作品，包括思考、想像在內的思維，都非常重要。尤以在小說戲劇中，思維的重要性，更為增加。不過前兩種，思維的作用是在創作的歷程中而不是創作的動機。

四

上述由感動而來，由興趣而來，由思維而來的三種類型，只是就各有偏向上作概念性的劃分。事實上，不僅一個人常有三方面的創作；而且在創作時，三類型的因素，亦未嘗不可互相流注。概略的說，如第二類型中流注有第一類型的因素在裏面，有如陶淵明的田園詩，柳宗元的永州八記，蘇東坡的前後赤壁賦，就更成其深厚渾含。第三類型中如因思維而引起第一第二類型的因素在裏面活動，則在應酬文章中亦常可自成高格；在賣稿費文章中，亦常可出現卓越的作品。惟有存心為權勢作打手，或存心供權勢者消愁解悶的作品，則作者才氣再高，用心再巧，也必然是文學中不可救藥的穢物。

這種不再進一步去探索全面的問題，而只對第一類型的文學稍作討論。因為真正地社會意識，常出現於此一類型文學之中；而此一類型的作品，在文學史中，數量上雖佔少數，但在對文學的要求上，則一直是中國文學的主流。由堯典的「詩言志」，到韓愈的「大凡物不得其平則鳴」，都是此物此志。其中把創作的動機、歷程，說得最完全的，莫如王褒所引詩傳的「詩人感而後思，思而後積，積而後滿，滿而後作」的幾句話。

所謂感動，概略地可分為兩類。一類是原始性的個體生命的感動。由這種感動所產生的作品，用尋常地語言表達，即是所謂「勞人思婦之辭」。勞人思婦之辭中所含蘊的感情，乃是人類基原性的感情，即是把名利之心，世故之念，完全剝落盡淨，由赤裸裸地生命在掙扎，希望中所呈露出的感情，陶斯亮在〈一封終於發出的信〉中所流露出的陶鑄，陶鑄的夫人和陶斯亮自己的感情，可以稱為人類基源性的感情。這種基源性的感情是發自個體生命，但因為是基源性的，所以同時即是萬人萬世的。不僅不言社會意識，而其中自然含有偉大地社會意識，並且人性的普遍而永恆的意味，常可從這種地方去把握。至於一般人在名利欲望追逐中，因受到挫折所發出的嘆老嗟卑的聲音，乃是漂浮在生命表層的波紋，不能稱為個體生命的感動，和基源性的感情，隔了很多層次。

另一類是文化性的群體生命的感動。我所以加上「文化性」三個字，是因為這類的感動，必須在兩種前提條件下才會產生，一是作者的現實生活，係在群體中生根，二是作者的教養，使他能有在群體中生長的自覺，並由此而產生「同命感」。乃至稱為「連帶感」。這需要文化發展到某一程度時才會出現。孔穎達在《毛詩正義》大序的疏釋中說「詩人攬一國之心以為己意」，指的即是這種群體生命的感動。這種感動，在深度上與前一類的感動相同，但規模上自然會更為宏大壯濶。這是今日所說的「社會意識」的根源之地。最偉大地作品，常由此種感動而來。

五

白先生所說的愛國精神與社會意識，假定不是由權力者的意志而來，而是出於作者的內發，則作者所感的雖有淺有深，有中和，有偏激，但總地來說，這必然會加強文學創作的動機，提高文學創作的素質，把中國文學的發展，推向一個新的里程碑。所以白先生說到由五四到三十年代文學的成就時，不能不歸到魯迅巴金茅盾等人的作品。以由感動而來的社會意識為創作動機的作者，當然對自己的國家、社會，存有無限待望之心。而賢明的統治階級，及社會富有良知良識的人士，由這種作品發生反省以促進政治社會的改革改進，也為常情所應有。若說這是文學中的功利主義，則這種功利主義，正是中國兩千多年來的文學傳統，決非如白先生所說，是始於梁啟超〈論小說與群眾的關係〉的一篇文章。所以詩大序說「先王以是（詩）經夫婦，成孝敬，厚人倫，美教化，移風俗」。這種要求，一直延伸到後來的小說戲劇去。作品的品質是否與這一要求相符應，那是別一問題。

現在談到作品中的藝術性問題。在研究或學習過程中，常從作品中抽出構成藝術性的因素，如結構、修辭等，作獨立性的處理。但這只是研究、學習過程中的方便。若深一層去了解，則這些被抽出的因素的自身是「無記」的，無好壞可言的。各因素的藝術性，要在作品的統一體中，亦即是要在中國之所謂「文體」中始能決定。作品的統一性，乃來自作品內容主題的展開。若內容的主題是某種社會意識，則此統一性是來自某種社會意識所凝結的主題的展開。究極地說，能將主題通過文字作如實地，有效地表達出來，這即是文學中的藝術性。所以藝術性是附麗於內容而存在，可以說這是出自內容自身的要請，無所謂獨立性的問題。當然，內容自身在表出時對藝術性的要請，並不等於有了這種要請，即可得到藝術性。因為從內容到內容的表達，中間不僅有一段距離，而且還含有由距離而來的抗拒性。要把距離和抗拒性解消掉，既關係於個人的秉賦，也關係於學習的功力，還關係於有關文化經驗的積累。所以每個人的生活、生命都可以含有創作的內容，但並非每個人都能成為文學家。我們以社會意識為內容的小說、戲劇，假定追不上世界第一流作品的水準，不是來自作者的社會意識在作祟，而是來自學習及經驗積累的問題。只要想到在我們有長久歷史的文學批評中，獨對小說、戲劇的批評，非常貧乏，也可以思過半了。

六

生長在夾縫中的香港知識分子，多數是不能在群體中生根，乃至也不願在群體中生根的人。因此，香港的文學活動，幾乎可以說先天地缺乏真正地社會意識的動力與營養。過去有一段時間，不少人隨著四人幫的叫嚷而叫嚷，那只是乘風倚勢的一些心靈麻木的投機者，及只知由按紐發聲的可憐蟲，表面上好像社會意識過剩，實際則除口號外空無一物。物換星移，這些叫嚷已成過去了。

我沒讀過香港文學家的作品，但常看電視上的連續劇。這也是文學中的重要角色。拉上百回以上的連續劇，絕對多數是散漫、拼湊、「不知所云」，糟蹋了許多好演員的演技。受到社會嚴厲批評後，還有人說它是「詩以載道」，真可謂無知無恥之尤。這種藝術性的低劣，還是來自內容的空虛，空虛到連由思維而來的主題、主線都沒有。所以當前應鼓勵青年們培養內發的社會意識，提倡對中西古典文學的學習；而當學習時，應當由內容的把握以走向藝術性的把握；更由藝術性的把握以加深內容的把握；內容與形式，可以暫分而必歸於復合。應當卑視個人的功利主義，但應當重視對社會大眾的責任感，這或許是一條平坦之路。至於由毛澤東一九四二年延安文藝座談會上的講話所引發的一連貫地嚴重問題，留在另一篇文章中再把它寫出。

《華僑日報》一九七九年九月二十五日

傳統的文學思想中詩的個性與社會性問題

毛詩關雎前面的序，世人稱之為大序；其他各詩前面的序，一般稱之為小序，合而稱之，則為詩序。這裏不涉及詩序的作者、價值等問題，而只就孔穎達的《毛詩正義》對大序是「以一國之事，繫一人之本」的解釋，來看在我國傳統的文學理論中，如何解決一個文學作品的個性與社會性的問題。至於正義的解釋，是否和大序那句話的原意相符合，這裏也置之不問。所以我泛稱之為「傳統的文學思想」。

沒有個性的作品，一般地說，便不能算是文學的作品。尤其是文學中的詩歌，更以個性的表現為其生命；這在中國過去，稱之為「志」，稱之為「性情」。詩人所詠歌的，當然有其外在的對象，客觀的對象。但僅把自己對於客觀對象的認識加以敘述，不會成為詩歌的作品；即使把主觀對於客觀對象的感想、願望，通過詩的形式表達出來，只要主觀與客觀之間，存著有空間感的距離，其距離那怕像「執柯以伐柯」那樣近，依然不能成為一首好的詩。真正好的詩，它所涉及的客觀對象，必定是先攝取在詩人的靈魂之中，經過詩人感情的鎔鑄、醞釀，而構成他靈魂的一部分，然後再挾帶著詩人的血肉（在過去，稱之為「氣」）以表達出來，於是詩人的字句，都是詩人的生命；字句的節律，也是生命的節律。這才是真正的詩，亦即是所謂性情之詩，亦即是所謂有個性之詩。

大凡有性情之詩，有個性之詩，必能于讀者以感動，因為有這種感動，而詩的個性同時即具有社會性。詩人的個性，究係通過何種橋樑以通到社會，因而獲得讀者的感動，使一個作品的個性，同時即是一個作品的社會性呢？正義對於這，有很明顯的解釋：

> 一人者其作詩之人。其作詩者道己一人之心耳。要所言一人，心乃是一國之心。詩人攬一國之意以為己心，故一國之事，繫此一人使言之也。……故謂之風。……詩人總天下之心，四方風俗以為己意而詠歌王政……故謂之雅。

按所謂「其作詩者道己一人之心耳」，即是發抒自己的性情，發抒自己的個性。

「要所言一人，心乃是一國之心」，這是說作詩者雖係詩人之一人；但此詩人之心，乃是一國之心；即是說，詩人的個性，即是詩人的社會性。詩人的個性何以能即是詩人的社會性？因為詩人是「攬一國之意以為己心」，「總天下之心，四方風俗以為己意。」即是詩人先經歷了一個把「一國之意」，「天下之心」，內在化而形成自己的心，形成自己個性的歷程，於是詩人的心，詩人的個性，不是以個人為中心的心，不是純主觀的個性；而是經過提鍊昇華後的社會的心；是先由客觀轉為主觀，因而在主觀中蘊蓄著客觀的，主客合一的個性。所以，一個偉大的詩人，他的精神總是籠罩著整個的天下國家，把天下國家的悲歡憂樂，凝注於詩人的心，以形成詩人的悲歡憂樂，再挾帶著自己的血肉把它表達出來，於是使讀者隨詩人之所悲而悲，隨詩人之所樂而樂，作者的感情，和讀者的感情，通過作品而融合在一起；這從表面看，是詩人感動了讀者；但實際，則是詩人把無數讀者所蘊積而無法自宣的悲歡哀樂還之於讀者。我們可以說，偉大詩人的個性，用矛盾的詞句說出來，是忘掉了自己的個性；所以偉大詩人的個性便是社會性。

不過，沒有能從社會完全孤立起來的個人；即每個人的個性中都應當帶有社會性，豈特偉大的詩人？但有的人，即使憑藉著偉大的權力，也難使社會一般人與他同其好惡。這種人，只有平日聞慣了鈴聲而吃東西的狗，養成了一聽到鈴聲便流口水的慣性（這是心理學家所慣用的動物試驗的方法），才跟著他的手勢而表演；但跟著他的手勢而表演的狗，表面上好像是服從手勢，實際則是服從手勢後面的殘羹冷飯；因此，即使是豢養的狗，也並不會真正與這種主人同其好惡；這種顯明的例證，可以說古今都有。難道說這種人便沒有性情，沒有個性嗎？他的性情個情，何以會不含一點社會性，卻使其孤立至此？而詩人又有什麼魔術，能使社會乃至後世的人，會與他同其好惡而受到他的作品的感動呢？這在中國傳統的文學思想中，常常於強調性情之後，又接著強調「得性情之正」。所謂得性情之正，即是沒有讓自己的權利慾薰黑了自己的心，因而保持住性情的正常狀態。在中國文化中，有一個根本信念，認為凡是人的本性都相同的，因而由本性發出來的好惡，便彼此相去不遠。作為一個偉大詩人的基本條件，首先在不失其赤子之心，不失去自己的人性；不失去自己的人性，便是得性情之正。能得性情之正，則性情的本身自然會與天下人的性情相感相通，而自然會「攬一國之心以為己意」，而詩人之心，便是「一國之心」。由「一國之心」所發出來的好惡，自然是深藏在天下人心深處的好惡，這即是所謂得好惡之正。人總是人，人總是可以相通相感的。詩人只要相信自己不是好人之所惡，惡人之所好的獨夫，則詩人的個性中自然有社會性，個性的作品，自然同時即是社會性的作品。所以鄭康成在六藝志中除了強調詩人「莫不取眾之意以為己辭」之後，接著便說：

> 假使聖哲之君，功齊區宇，設有一人，獨言其惡，……海內之心，不同之也。無道之君，惡加萬民，設有一人，獨稱其善……天下之意，不與之也。必是言當舉世之心；動合一國之意，然後得為風雅，載在樂章。

鄭康成的話說明了兩點：第一是說明只要是像點樣子的人，便不怕他人的批評。第二點是說明自己若太不像樣子，便養再多的文犬，也是枉然。而詩人之所以能成為詩人，詩之所以能成為詩，乃至文藝之所以能成其為文藝，必定不是看一二權幸的顏色，而「必是言當舉世之心，動合一國之意」；其根底，乃在保持自己的人性，培養自己的人格，於是個性充實一分，社會性即增加一分。在中國傳統的文學思想中，總認為作人的境界與作品的境界分不開，大家應當從這種地方的了解其真實的含義。

現在還應補充說明的，一個偉大的詩人，因其得性情之正，所以常是「取眾之意以為己辭」因而詩人個性的作品，同時即是富於社會性的作品。但在《詩經》上，乃至後來的許多詩歌中，有的僅是勞人思婦之詞，遷客離人之語，其所感所發者僅其當下的一人一事，與社會並不相干，即並不會「取眾之意以為己辭」，但有的依然能予社會以感動，而成為富有社會性的作品，這又是什麼緣故呢？照中國傳統的看法，感情之愈近於純粹而很少雜有特殊個人利害打算關係在內的，這便愈近於感情的「原型」，便愈能表達共同人性的某一方面，因而其本身便有其社會的共同性。所以「性情之真」，必然會近於「性情之正」。但性情之正，係從修養得來；而性情之真，即使在全無修養的人，經過感情自身不知不覺的濾過純化作用，也有時可以當下呈現。歡娛的感情向上浮蕩，悲苦的感情向下沉潛，一般人的感情是要在向下沉潛中始能濾過，純化其渣滓，所以悲苦之情，當易得性情之真；而勞人思婦，乃至後來許多詩人，只要能把個人當下的真情抒寫出來，因其是真的純粹的，所以他同時也便寫出了社會在這一方面的哀樂（哀樂必相形而始能感到），與社會以感動的作用。「詩窮而後工」，正是這種道理。總結的說，人的感情，是在修養的昇華中而能得其正，在自身向下沉潛中而易得其真。得其正的感情，是社會的哀樂向個人之心的集約化。得其真的感情，是個人在某一剎那間，因外部打擊而向內沉潛的人生的真實化。在其真實化的一剎間，性情之真，也即是性情之正，所以個性當下即與社會相通。但這種性情之真，是隱現不常的，所以這種詩人常只能有一首兩首，一句兩句，使人感動的詩，而決不能成為「取眾之意以為己辭」的偉大詩人；因為他缺乏人性的自覺，因而沒有人格的昇華，沒有感情的昇華，不能使社會之心，約化到一己之心裏面來。至於存心做文犬的人們，連一剎那的人生真實感也閃露不出來，所以他們的作品，只有拿去向權幸們換殘羹冷飯了。其實，這種人，若能當上今日的某種民意代表，實更為當行出色，事半功倍，更合於心理學上的某種實驗的。

從怪異小說看時代

一

二十世紀六十年代以來，形成文藝特色之一，是怪異小說的特別興隆。假定文藝的大勢可以反映時代，則由怪異小說特別興隆所反映的，到底是怎樣的一個時代呢？

從中國的情形看，因魏晉以來，佛典的大量翻譯，輪迴報應思想的普遍流行，由「街談巷語」的小說，進而仍具備情節結構的小說，幾乎是從六朝的怪異小說開始。所以唐代便稱小說為「傳奇」。在傳奇中發揮出人的感情，這說明是由怪異的世界進入到人的世界，是小說隨人類理性進步的一大進步。但一直到晚清社會小說流行以前，怪異小說在中國小說中實居於絕對優勢的地位。

西方小說的歷史我不太清楚。但可斷言的是，經過十八世紀的啟蒙運動以後，西方雖不斷出現怪異小說，但在小說中佔不到重要的地位，得不到太多的讀者。二十世紀六十年代裏，怪異小說卻突然興隆起來；首先表現在把早經過時的怪異小說出版，大量發行。其次是各民族間的怪異小說，互相流通，出現了各種投機的選集全集。當然各國都有一批怪異小說作家，發揮千奇百怪的想像力，取得廣大的讀者，這些廣大讀者中，由高小年齡到退休以後的年齡；由高小程度到博士程度；其中以中學生的年齡及程度的佔絕對優勢。

我國由民初的鴛鴦蝴蝶派小說，進而以魯迅開其端的寫實主義的小說，約略支配了半個世紀。但在有相當自由的臺灣和香港，大概從五十年代的中期，即進入怪異小說的時代，亦即進入到「武俠小說」的時代；由武俠小說而武俠電影；由武俠電影而派生出臺灣電視上的武俠布袋戲。並且藉武俠電影之力，使中國幼稚得可憐的電影作品，得進入到國際市場；這並不是來自一般人所說的「中國熱」，而是來自時代的「怪異熱」。這在臺灣有兩種的例子；一是胡適博士在未死前曾批評過武俠小說，立即得到有力的回罵，罵得胡博士及擁胡派們口無言。另是每當武俠布袋戲在電視中出現時，臺灣的農夫為之罷耕，商人為之罷市，議員為之罷議；以致領導當局，不能不設法加以限制。

二

這種由怪異小說所代表的國際性的怪異熱，在科學普及的今天，究由何而來，其說不一。有的說，這很像法國大革命前所流行的隱秘主義及由薩得（M. De Sade）所代表的「黑暗文學」，是世界大革命的前鋒。也有人說，因工商業的發達，大多數人，被陷入於機器活動及企業組織之中，加以工商業的管理，致使現代社會，成為「管理社會」。人生活在管理社會裏面，總會有沉悶沉滯的感覺，要求從「管理社會」中逃避出來。少數稀癖逃到印度等帶神秘氣氛的地方，大多數人只有逃到怪異小說、電影中去。更有人說，有了「超現實主義」的藝術以後，隨之而來的便應當是怪異小說。因為超現實主義者所表現的作品，不是生活在現實中的人所能把握所能欣賞的。這只能滿足作者的要求，無法滿足觀者的要求。怪異小說中的世界，不是現實世界，但依然可以被生活在現實世界中的人所了解、所欣賞。這意思是說，由超現實主義落實一步，便是怪異小說。若就我個人的體驗來說，問題都沒有上述的嚴重。在正式工作之餘，用一點時間看點怪異小說，有如不吃辣子的人，脾胃呆滯時，偶然吃點辣子一樣，在整個食品中，不一定有什麼特殊意味，但這不能代表多數青少年的情形。

在近代，有三個誘惑人前進的大目標。首先出現的，是人類對財富觀念的改變，認為財富不僅可以解決物質生活問題，而且也可代表人生價值。但稀癖出現原因之一，是在上一代積累了財富以後，下一代卻對財富發生反感。其次是與追求財富關連在一起，出現科技萬能論；認為科學技術，可以解答、解決人類任何問題。但第二次世界大戰後，科學技術，得到飛躍的發展，精神上出現了虛無主義，更由核子武器問題，環境問題，資源問題，國與國間的貧富差距問題，感到科技正把人類驅向不可測度的深淵。再其次，是許多人認為只要用革命手段將社會體制加以改變，上述的財富問題，科學問題，都可迎刃而解。但客觀的事實是，在舊體制中的，固然有些人想翻進社會主義體制中去；但住在社會主義體制中的，也不知有多少人要從裏面翻出來。上述三大誘人的目標，互相糾纏，逼得有感受力的青年，無路可走，倒不如在怪異小說中吐一口氣。

三

不僅如此，在現實世界中，也正翻騰著許多不可理喻的怪異事實，更增加了怪異小說的聲勢。由幾十萬年前所蓄積，由西方人士所發現，所開發的中東石油，竟成為阿拉伯人對付全自由世界一切人們的武器，一角美金一桶的成本，一下子翻到快兩百倍的價格；而且還要高下隨心，有無任意。自由世界每個人的生活，都顛倒於阿拉伯人的股掌之上，但自由世界各國卻只求「火燒眉毛顧前」，無共同團結對付之道，這算不算怪異？以一切乘客為對象的劫機行動，愈來愈殘暴，原來是由財富衝昏頭腦的卡達斐所組織所策動的，這算不算怪異？一定要有人當終身總統，形成一個小特殊集團，才能實行「東方式的民主」，才能抵抗共產主義，這算不算怪異？蘇聯建國了五十六年，根據索忍尼津的「古拉格群島」一書的報告，原來是一片血腥統治；蘇聯統治者既不能從事實上加以否認，又不能從理論上加以解釋，而只說暴露真實的即是叛徒，這算不算怪異？一個七億多人口的國家，二千八百萬黨員的黨，卻只有自己的床頭人才可掌握文教大權。為了掩護挖掉孔子的墳墓，為了掩護挖掉岳飛墳墓的滔天罪行，而發動「孔子是頑強擁護奴隸主利益」的「指鹿為馬」運動，這算不算怪異？與其面對這些怪異現實，何如進入到怪異小說中，暫時矇住對時代的眼睛，或者可以不致得精神狂亂病。

《華僑日報》一九七四年一月三十日

讀艾青〈新詩應該受到檢驗〉

情悲意苦筆森嚴，浩氣詩魂一例看。
常恐文章真脈絕，斂容燈下讀宏篇。

一

有天晚飯後，翻閱一九七九年《文學評論》五期，先看吳世昌的〈重新評價歷史人物——試論韓愈其人〉，大概這位先生還沒有摸到治學的門徑，所以不知不覺地依然是秉承文革時代的餘風。再看俞平伯的〈略談詩詞的欣賞〉，才知道此公對詩詞的了解非常有限，頗為失望。我與新詩無緣，對這一門的行情當然不清楚；但在無可奈何的情緒下，又翻了詩人艾青的〈新詩應該受到檢驗〉，前半段還沒有什麼，看到後半段時，他把我心裏所想講的話，很概括、很簡鍊、很深刻地講出來了，感動之餘，便寫下了上面的一首打油詩，蓋所以誌悲，亦所以誌慶。

「常恐文章真脈絕」的感覺，不僅是面對文革的大悲劇；面對臺灣香港乃至美籍學人中的有些人士，二十多年來，心裏也常常浮出這種感覺；儘管近來港臺兩地的廣告，突然出現了許多「經典之作」。偶然讀了幾篇巴金的隨想錄，得到不少安慰。現時隨想錄印出了第一集；我買了兩冊，一冊寄給女兒，一冊自己留著；我未必有時間全看，但感到身邊應當有這樣的一冊書。現在又看到艾青的這篇短文，更確信文章的真脈不會絕滅。文章的真脈，即是國家、民族的真脈，即是國家民族，在任何苦難中得以站起來的真實力量。

「文章真脈」是什麼？在二十二年前，我曾就孔穎達《毛詩正義》對詩大序的解釋中所說，「詩人攬一國之意以為己心」，「詩人總天下之心，四方風俗，以為己意」的話，寫了〈傳統文學思想中詩的個性與社會性問題〉一文，特指出「詩人的個性，同時即是詩人的社會性。詩人的悲歡憂樂，必然是天下國家的悲歡憂樂」。去年九月二十二日，我在新亞研究所的文化講座上，以「中國文學討論中的迷失」為題，特指出從創造動機講，中國文學，可分為三大類型，其中第一類型是「由感動而來的文學」。並指出感動可分為兩種，一種是勞人思婦的「基源性的個體生命的感動」，這種感動是個人的，「同時即是萬人萬世的」。另一種是詩人在群體生活中生根，由此而發生個人與群體的「同命感」，由同命感而來的「群體生命的感動」。由上述兩種感動而來的文學，即是中國文學的真脈。一個人再有天分，再有文采，但若在名利中糾纏不清，便怎樣也寫不出由感動而來的作品。

二

艾青的文章說：「我曾經寫了『詩人必須說真話』的一段話。面對著瞬息變幻的現實，詩人必須說出自己心裏的話，寫詩應該通過自己的心寫，應該受自己良心的檢查。所謂良心，就是人民的利益和願望。人民的心是試金石」。

艾青的話說得太簡單，應稍加補充。何以詩人的良心就是人民的利益與願望呢？在人生命中的心，沒有受到自私自利的污染時，便稱為良心。孟子說，「心之官（任務）則思」，這和「目之官則視」，「耳之官則聽」，是同樣的由生理所發生的自然作用，與「唯心主義」的心，毫不相干。「心之官則思」的「思」字，是廣義的，把「惻隱」，「是非」，「羞惡」，「辭讓」乃至思考想像等，都包括在裏面。就文學講，也可以說「心之官則感」。感是「感通」，「感動」。他人的不幸，自然進入於自己的心中，有如自己的不幸一樣，這是感通。隨感通而湧出惻隱之心，這是感動。詩人是保持著自己的良心，而感通感動，較一般人更為銳敏的人，所以詩人的良心，必然以國家人民的利益、願望為其真實內容，尤其是在苦難的時代。真的文學作品，便是把這種內容寫出來的作品。遭遇到文革十多年的大悲劇，依然無動於衷，還要來「歌德」，還要來「長官意志」，這種人，用我們鄉下的「大眾語」表達，乃是「死心爛肺」，「寡廉鮮恥」的人。但正如艾青所說「為甚麼人們不說自己心裏的話呢？因為……說真話得到的懲罰是家破人亡。」「而幸福之門是向說謊者開的」。自古至今，統治者為了遂惡飾非，一定要製造一批說謊者的文學家，文學作品，但這種人，這種作品，不論是古色古香，或洋腔洋調，乃至傍太陽，擎旗桿，總是死心爛肺，寡廉鮮恥的。

三

艾青又說：「四人幫的罪惡，是一百年也寫不完的。寫了這些經歷，無非讓後世人得到教育，封建法西斯的統治，再也不能重複了。」「人民渴望著多少有一點民主，多少有一點法制。」「人民的眼睛，是被淚水擦亮的，人民的耳朵，是被魔笛的聲音震醒的。」

這裏我正有久蓄於衷的話，藉這機會說出來，以作艾青的話的注解。孔子說「詩可以興，可以觀，可以群，可以怨」，興觀群怨，有相互的內在關連，我現只對「觀」稍作解釋。「觀」即是「洞察」或「透視」。犯了罪行，做了醜事的人，他自身常不感到是罪是醜，因而會習慣性的重犯重做。未參與的人縱然知道是罪是醜，但也多是模糊而不夠堅確，且又有由犯罪做醜所得的非法利益，隨時可壓蓋那些模糊而不堅確的「知道」，便在某種機緣下有參與罪與醜的行列的可能。這樣只會增加黑暗的質和量。但若經文學家以作品加以描寫、詠嘆，不僅「人們只要讀到聲淚俱下的作品，都會引起惻隱之心，加深對四人幫的痛恨」（艾青語）；而且可使犯過罪，做過醜的人們，改為觀者的立場，對自己的罪行與醜態，來個洞察、透視，總會引起他若干廉恥之心，畏縮之念，這多少可以發生教育的作用。孔子說的「可以觀」，是說通過詩歌的描寫詠嘆，而可使人（包括罪行者）洞察、透視人間的罪行與醜態。大陸上今天還有大量的四人幫餘孽，隨時「想假極左思潮的翻案風跳起忠字舞」（艾青語），重來一套打、砸、搶、亂。所以大陸的作家們，正應全心全力，把二十多年來自身的悲慘遭遇，人民的悲慘遭遇，國家的悲慘遭遇，以各種形式發揮寫實主義的功能，寫了出來，讓大家一齊洞察透視這些罪行醜態，使其無所遁形，然後才能真正回心轉意，興起向善、向前、向上之心。換言之必須先通過「可以觀」，然後能引起「可以興」的動力。於此而有所含糊，便是愚蠢。於此而有所迴護，便是罪惡。

《華僑日報》一九八〇年二月二十七日

漫談魯迅
——在香港中文大學新亞書院文學會的講演稿

一、我與魯迅作品的因緣

我在一九二六年以前讀的多是線裝書。對五四運動，雖曾扛著反日的旗子到街頭去演講，但對當時的文藝思潮卻是很隔膜的。後來國民革命軍到武漢，我的態度開始改變了，自問讀的那些古書有什麼用處，漸漸對線裝書甚至對整個中國文化，發生很大的反感。在當時，偶然看到魯迅的《吶喊》，便十分佩服。因為他所批評的，也是我所要批評而不能表達出來的。他的文字潑辣生動，不同於線裝書裏的陳腔濫調，一下子我便變成魯迅迷了。自一九二六至二八年間，凡能買到的魯迅作品，我都熱心地讀過了。不過，我是一個肯用腦筋的人。讀完了魯迅的作品以後，感到對國家、對社會，只是一片烏黑烏黑。他所投給我的光芒，只是純否定性的光芒，因而不免發生一種空虛悵惘的感覺。

一九二八年三月到日本，一九二九年春開始閱讀京都帝大教授河上肇的《經濟學大綱》一書，在兩相比較之下，魯迅的分量顯得太輕了。

河上氏《經濟學大綱》規模宏大，組織、論證嚴密，曾由陳豹隱譯成中文，在中國也發生很大的影響。此外他對經濟思想史、唯物論與唯物辯證法等，都有光輝的著作。他的《貧乏第二物語》，曾給我以在文學作品中不容易得到的感動。他不斷地與當時日本的經濟學界及思想界展開論戰。文字的潑辣犀利，與魯迅有點相像。但從文字的規模、氣勢來說，則河上氏的文章是大家，而魯迅卻只能算是名家。這樣一來，我由魯迅迷一變而為河上肇迷了。一九六〇年我在京都舊書店裏買到一本河上肇評點的《陸放翁詩》，由此可以了解這位理想的共產主義者的興趣之廣，治學規模的宏大。

一九四四年我在重慶認識了熊十力先生，對中國文化的態度開始有了轉變。但有空時，還是看些日譯的西方東西。一九五五年我到東海大學中文系教書，自己又回到線裝書裏去。一九六九年我到香港，才知道魯迅被中共捧為偶像，於是再拿他的作品來讀。由於他已被捧為偶像，要開口講他，就非常困難，並且也不必去講。我今天並不打算當他是一個偶像，而當他是一個中國有成就的作家來講。這樣才可能把他當作一個被研究的對象，作客觀性的處理。假定因此而冒犯了許多崇拜者，也是沒有辦法的。

二、魯迅的家庭

首先要說的是八股制度這個東西，可以說是一種統治階級用以籠絡、欺騙知識分子的毒辣手段。它本身既不是文學，更不是什麼知識，而只是一種被制式所限定的文字魔術、把戲。所以過去的人，一定要丟開八股才能做點學問。由於這個制度存在時間很長，故社會中它的毒害的亦至深且鉅，尤其是知識分子。

我們不必美化魯迅的家庭。魯迅的祖父是個翰林，後來為幫人買通關節而被判坐牢，由此可見他是出生於一個中八股之毒很深的家庭。魯迅的父親，是生在這個家庭中不耕不讀，不工不商的典型寄生蟲。後來得了重病，在魯迅的少年時候便死了。魯迅說他是出生於「小康」之家，但在他十三歲以前，祖父沒有坐牢時，應當是功名加地主的家庭。因為魯迅是出生在這種家庭，所以他一直是由一名女工「阿長」撫育長大的。由此我們應當知道，魯迅的家庭，是墮落的、黑暗的。這為了了解魯迅，有重要的意義。

三、魯迅的經歷（生於一八八一年九月。卒於一九三六年十月。）

他七歲開始讀私塾。十八歲進南京水師學堂，十九歲改進礦務學堂，廿二歲畢業後，於一九〇二年三月，官費留學日本。先在東京宏文學院學日語。一九〇四年九月，進仙臺醫學專門學校。至一九〇七年春退學返東京，決心改學文學。我對他退學的原因，是因為在上課將完時，課室放演日俄戰爭影片，中間有中國人幫俄國當間諜，被日軍捉到殺頭，受到這種刺激，感到學實用科學救國，不如學文學救國的意義大的這一套說法，感到懷疑。因為：（一）日俄戰爭發生於一九〇三年，結束於一九〇四年，即魯迅赴仙臺學醫之年。就常情說，日本以戰爭材料作宣傳最烈的時候，應當在戰爭正在進行之時。魯迅不在一九〇四至〇五年受刺激退學，卻在一九〇七年春才下此決心，這種說服力不夠強。（二）他退學回到東京後，除了因聽章太炎先生講《說文解字》，因而加入了光復會外，他不是一個熱心救國運動的人。我的推測，刺激成分一定是有的。留學日本而不受到刺激，便不是中國人。但退學的主要的原因，恐怕還是來自他的個性、興趣。

魯迅一九〇九年九月返國後，在浙江兩級師範當生理學、化學教員兼翻譯。一九一

○年當紹興府中學教務長。一九一一年任紹興師範校長。一九一三年入教育部當部員，提升僉事，直至一九二五年八月，因女師大學潮，遭章士釗免職。這中間兼在北大、女師大等校講中國小說史。一九二六年九月應聘為廈門大學教授。一九二七年一月應聘到中山大學，是年十月由廣州回上海。中間除短期到了一下北京外，一直到一九三六年死時為止，都住在上海。

四、魯迅的寫作過程

一九一八年以前，他把精力用在鈔書上面，鈔的多是會稽郡的文獻。至一九一八年四月在《新青年》發表〈狂人日記〉，這是他的創作開始。後來先後寫了〈阿Q正傳〉等十數篇小說，在一九二三年彙印為《吶喊》，這是他創作的高峰，其中又以〈阿Q正傳〉為高峰之頂點。

同時他亦開始寫雜文，在這段時期所寫的後來收集為《熱風》。由一九二四年寫了〈祝福〉、〈酒樓上〉，一直到一九二五年寫〈離婚〉等，於一九二六年九月彙印為《徬徨》。這中間還寫了些散文詩，後來彙印為《野草》。自此以後，他的創作能力已經衰耗，除了《故事新編》外，寫的只以雜文為主。

五、魯迅的論敵

魯迅的創作生活，由他三十八歲至四十五歲告一段落，並不算長久。而在論戰方面，耗費了他很多的時間與精力。他的主要論敵可分為：

(一)現代評論派——主要是在北京時，一批曾留學外國而有點成就的學者，被人稱為「正人君子」的，最為魯迅所痛恨。此外則是免他職的章士釗。但是章士釗恢復甲寅雜誌後，所發生的影響不大。南京的「學衡」，也是魯迅重要論敵之一。

(二)革命文學派——他到了上海，被太陽社、創造社圍剿，被罵為「封建餘孽」，「失意的法西斯分子」。

(三)新月派——一九二九年，上海出現了新月派，由梁實秋作中堅，提出「普遍的人性」，向革命文學派進攻。太陽社、創造社們覺形勢不妙，乃聯合魯迅，組織左翼作家聯盟。自此以後的魯迅，除了反封建外，更加入了反資產階級及小資產階級。完全站在共產黨的立場寫雜文，對蘇共的捍衛，可以說是無微不至。但他一直到死，也不是共產黨黨員。

六、作品之內容

魯迅作品的內容，實際可由《狂人日記》加以概括；即是中國的社會是「禮教吃人」的社會。兄弟姊妹之間，也是用各種方式來互吃的。他對中國歷史的看法，簡化為兩個時代：一個是「想做奴隸而不得的時代」，一是「暫時做穩了奴隸的時代」。他的小說、雜文，都是環繞著上述的主題來加以發揮。他對凡是屬於中國的，都認為是醜惡的。他口頭上經常以「詩云子曰」作諷刺的對象，決不感到在「詩云」中有極高的文學意義。可以說，在一九三〇年以前，他是一無肯定的。

一九三〇年以後，他開始肯定了共產黨，肯定了蘇聯，肯定了無產階級。他晚年的靠攏到共產黨，和法國實存主義者薩特的歸入到共產黨，有相同之處。但他對共產黨的理論了解得很少，他在這一方面，可以說完全沒有貢獻。這或許對他的身後倒有好處。

七、魯迅的成就

①在思想方面：他出身於一個黑暗墮落的家庭，他能意識到這一點而反省過來，終其一生總是向黑暗、腐敗進攻，奮鬪於黑暗墮落中，決不妥協。並且他所掌握到的黑暗、腐敗的一面，沒有脫離現實的立場，就這一點說是了不起的。可以說：他是新時代向封建勢力宣戰中的一位勇士，一位急先鋒。

②在表現技巧方面：他最大的成就是在人物典型的創造。中國現代小說的基礎，可以說是由魯迅奠定的。而他在文字應用方面，更可以說是「惜墨如金」，全篇無一句廢句，無一個閒字，精鍊潑辣，能以寸鐵殺人。他自己形成了他獨特的文體。

八、他的限制

①不能創作長篇小說，並且創作的時期不長。而他的短篇小說，向外的銳角很強，但向內的深度不足，有刺激力而沒有感動力。

②他的思考是「直線型思考」，對問題的處理，使用徹底的二分法，好的便是徹底的好，壞的便是徹底的壞。當他寫「一件小事」時，應該引起他更多的反省；但他對那位車夫，只能算引起了同情的反應，並沒有真正的反省，最低限度，他沒有把對一件事

的反省擴充出去。除太陽社、創造社的人以外，與他作過論戰的人，他認為都是徹底的壞人。又如他因父親之死，吃了兩位中醫的虧，後來到了北京，雖然那裏有很多出色的中醫，但仍不能使他消除成見，對中醫中藥，一生都深惡痛絕。可見他是一個缺乏反省能力的人。

③他尖刻而缺乏人情味，這一點可以從他與他的原配夫人的情形看出。朱夫人對他的母親很孝順；但一同住在北京時，他整年整月，不和她講話。又如他對帶他長大的「阿長」的描述，對鄰居豆腐西施的描述，都顯出他缺乏原恕的同情心。雖然後來他對青年們很好，可能是出於一種「自我同一」的心理。

九、他受限制的原因

①他童年是由女工「長媽媽」撫育大的，女工對「小少爺」沒有恩情，但不能不百般將就，這可能養成他「任性」的性格。

②由於他祖父的入獄，家道突變，使他在少年時代，深感世態的炎涼。這一點，他在文字中曾吐露出來。

③他是一個感性很強的人，但思考能力卻不足。例如他攻擊「國粹」所持的理由，只要稍加分析，便多不能成立的。但他卻堅持到底，永遠不能發現自己所說的漏洞。固然，感性是文藝工作者的重要條件，但是要進而成為一個思想性的人物，則必須具備足夠的思考能力。魯迅常把他所見到的部分現象，當作全般現象來處理。他感到自己家庭，及與自己家庭相關的腐敗與黑暗，遂把這個觀念擴及全中國，擴及全歷史。故在他靠攏到共產黨之前，他對中國看不出一點光明，所以有徬徨之感。真正說，他是一個虛無主義者。他之靠攏共產黨，我懷疑蘇共對他精神的影響大過於中共。因為蘇聯是外國人。

④他性好生僻，喜歡閱讀帶有古董趣味的東西。對中國及西方的古典文學作品，他接觸得很少，在他閱讀的書單中，找不出一兩部真正有分量的中西著作，這就使他的思想得不到開擴的機會。

⑤受俄國革命前的作家影響很大，尤其是果戈里。《狂人日記》的名稱，就是借用果戈里的一篇小說名稱。俄國在大革命前的確出了幾位了不起的文學家。但俄國沒有和中國可以比擬的歷史文化；俄國地主與農奴的社會結構，與中國的社會，完全屬於兩個異質的形態，中國的佃農不等於農奴。中國在地主佃農的生產關係之外，還有大量的自

耕農和半自耕農。魯迅不能以俄國文學家處理他們的社會的態度來處理中國的社會，因此魯迅只能把握到中國社會的一個角落，並沒有深入進中國的社會中去。所以他的作品不能與大革命前的俄國文學家作品比其高度與深度。在世界文壇上，我認為他只能算三流的作家。八股下的知識分子，魯迅是把握到了。但中國農民的偉大品質，幾乎沒有進入到他的心靈，所以他便將民族的「劣根性」都塑造到一個雇農「阿Q」的形象上去，這是非常不公平的。

十、結論

我們應當向他學習對黑暗腐敗奮鬥的精神，應當學習他寫作的嚴肅態度及其寫作的技巧，尤其可以學習他簡鍊的文筆。但要了解，文體是有各種各樣的。中共把魯迅捧為偶像，乃出於此一階段的政策要求。假定將來中共的政策有了變更，則偶像的香火將會消退，讓魯迅坐在歷史的正常坐位。所以我們應學習魯迅之所長，而不必把他當作偶像，以至自己封閉了自己。

《華僑日報》《中國文學雙週刊》一九七三年一月一日

香港中文大學的國文試題

因為偶然的機會，看到香港中文大學今年新生入學考試的國文試題，使我發生很多感慨。其中有一道題是：「據朱自清說：中國傳統的文學標準是甚麼？在歷代文學變化中，尺度有什麼伸縮？」這個題目，是根據現代教育研究社有限公司出版的《大學預科國文》下冊所選朱自清的〈文學的標準與尺度〉而出的。朱自清的小品文，清順可喜；但他在學問上的成就，則極為有限。尤其是他這一篇文章，乃在清順的外衣裏，包上一堆胡塗混亂的東西。我真不了解，選的人是怎樣的選？教的人是如何去教？而出題的人又怎會出到它的名下？朱文開端說：

> 我們說「標準」，有兩個意思。一是不自覺的，一是自覺的。不自覺的是我們接受的傳統的種種標準。我們應用這些標準衡量種種事物種種人，但是對這些標準

本身並不懷疑，並不衡量，只照樣接受下來，作為生活的方便。自覺的是我們修正了的傳統的種種標準，以及採用的外來的種種標準。這種種自覺的標準，在開始出現的時候大概多少經過我們的衡量；而這種衡量是配合著新生活的需要的。本文只稱不自覺的種種標準為「標準」，改稱種種自覺的標準為「尺度」（……）。標準原也離不了尺度，但尺度似乎不像標準那樣固定。近來常說「放寬尺度」，既然可以「放寬」，就不是固定的了。……在道德方面在學術方面如此，在文學方面也如此。

朱上面一段話，是包括了整個的行為規範（道德）及知識對錯（學問）的一切問題。有不自覺的生活習慣，找不出全無自覺而可稱為道德。有不自覺的隨聲附和，找不出全無自覺而可稱為學術。把道德、學術、文學上的整個內容，概括在標準、尺度兩個名詞之內，這是中國文化中建立的名詞？還是從西方文化中建立的名詞？能不能在中西有關學術著作中提出這兩個名詞的根據。尤其是在中西文學的理論批評中，能找出這兩個名詞的蹤影嗎？「標準」一詞，何以會表示不自覺？而「尺度」一詞，何以會表示自覺？若因為「近來常說『放寬尺度』」而就「不是固定的了」，因而可稱為是自覺的；

則既然「不是固定的」，為甚麼又可以稱為「尺度」？並且近來不也常說「降低標準」「放寬標準」嗎？「放寬」「不固定」等，就可解釋為自覺的嗎？一個同流合污，隨俗浮沉的人，豈不是有最高自覺的人？「採用外來的種種標準」，就能說是自覺？則十里洋場上的摩登士女，起居衣著，儘可能的採用外來的種種標準，這都是有自覺的人嗎？「生活的方便」和「生活的需要」，有甚麼界域，而可稱一種是出於不自覺的，一種是出於自覺的？「香港為了交通而需要地下鐵路」；這句話上半是出於不自覺而下半是出於自覺嗎？

朱自清下面的話說上了題：

> 中國傳統的文學以詩文為正宗，大多數出於士大夫之手。士大夫配合君主掌握著政權。做了官是大夫，沒有做官是士；士是候補的大夫。君主、士大夫合為一個封建集團，他們的利害是共同的。這個集團的傳統的文學標準，大概可用「儒雅風流」一語來代表。載道或言志的文學以「儒雅」為標準，緣情與隱逸的文學以「風流」為標準。有的人「達則兼濟（應作「善」）天下，窮則獨善其身」，表現這種情志的是載道或言志。這個得有「正其誼不謀其利，明其道不計其功」的

抱負，得有「怨而不怒」「溫柔敦厚」的涵養，得用「鎔經鑄史」「含英咀華」的語言。這就是「儒雅」的標準。有的人縱情於醇酒婦人，或寄情於田園山水，表現這種種情志的緣情或隱逸之風。這個得有「妙賞」「深情」和「玄心」，也得用「含英咀華」的語言。這就是「風流」的標準。

註者以「儒雅風流」，出於杜工部「風流儒雅是吾師」的一句詩。杜甫這句詩是詠宋玉的。朱氏把傳統文學分為儒雅與風流兩大派。果如此，是杜甫以宋玉為中國文學兩大派的共同祖宗；後來的文學，皆由宋玉開出；這是杜甫詩的原意嗎？這是中國文學史的真實嗎？假定這句詩的原意不是如此，則朱氏根據甚麼來用這四個字作中國文學的總批評呢？

註者引《辭源》「氣度雍容，學問湛義之貌」來解釋「儒雅」，而將「之貌」改為「之義」，改得莫名其妙。西漢時用「儒雅」一辭有兩義：一、儒雅即等於儒術，《漢書・王章傳》「張敞……緣飾儒雅」，《魏志・李典傳》「典好學問，貴儒雅」者是。另一、指有儒學修養之人；《辭源》引《書序》「旁求儒雅」，《漢書・公孫弘傳》「儒雅則公孫弘、董仲舒」者是。

至於「風流」二字，由《孟子》的「流風」二字而來，指的是流傳下來的教化影響。至魏晉演變而為灑脫超逸的生活態度，及表現在外形上的風姿。再演變而為男女之間的事。杜甫用的是魏晉時代所流行的意義。《詩品》的「不著一字，盡得風流」，指的是事物的風姿、面目。杜甫把它和「風流」二字連用，則指的是有儒家教養的儀態、風度或風姿，《辭源》用「之貌」的「貌」字是對的。

文章分類分派，有以題材為準據的，有以文體（風格）為準據的，有以時代為準據的，有以思想（內容）為準據的。朱自清把傳統文學分為儒雅與風流兩大派，而以儒雅為載道言志的文學，好像是以內容作準據；儒雅的文學，指的即是從儒術出來的文學。若是如此，則為甚麼不逕用《文心雕龍・體性篇》的「典雅」，或乾脆說「以儒家思想為內容的文學」；而編「儒雅」一辭，又不稍加界定呢？

以「儒雅」一詞代表傳統文學中的一大派別，既不是來自古典，又不通於時俗。不能扣緊名與實的關係，使讀者能由名以求實。「風流」一辭的使用，更為曖昧。

尤其可笑的是：朱自清還不了解「《詩》言志」的「志」，指的實際是情。朱在上面的一段話中，就有兩處「情志」連用。但他把「《詩》言志」的「言志」，與「載道」連在一起，列入儒雅一派，而將「緣情」列在風流一派，把「緣情」與「言志」對立起來。他說：

即如《詩》本是「言志」的，陸機卻說「詩緣情而綺靡」。「言志」其實就是「載道」，與「緣情」大不相同。陸機實在是用了新的尺度。

這樣一來，《詩》三百〇五篇，皆是載道之文，而非言情之作。言情之詩，是由陸機前後開始的。這簡直太沒有常識了。並且他若懂得陸機的那句話，便會懂得「緣情」兩字，不能作為一個有說明性的名詞使用。比這句還容易了解的古人的話，朱氏引用在他的文章中，便都成為莫名其妙的話。他並不能真正閱讀古典。

並且照朱氏的說法，傳統文學，都是政治封建集團中的士大夫，為了政治的共同利益而作的。既是如此，為甚麼這些人寫文章，還以「窮則獨善其身」，「正其義不謀其利」等為必須的條件？為甚麼還有「隱逸的文學」？全篇皆是胡塗混亂的一堆話，此處不能多加清理，把這種文章拿來作考題之用，真是「胡塗官打胡塗百姓」。胡塗打人的人沒有關係，胡塗被打的人未免太冤枉了。

《明報・集思錄》一九七二年五月十六至十八日　署名王世高

略評〈中國新文學大系續編編選計劃〉

我偶然在《純文學》三卷三期上，看到了李惔、李輝英兩位先生的〈中國新文學大系續編編選計劃〉，一方面很高興中文大學的研究計劃中，有了這樣一個很好的題目。同時，也感到由編選計劃所表現的編選方針，或許也有值得加以討論的地方。

上海良友圖書公司於民國二十四年出版了一部《中國新文學大系》（以後簡稱「原編」），把從民國六年（一九一七）起，到民國十六年（一九二七）止的十年間的新文學，分為七個部門，選印為十冊。兩位李先生的《續編》，則把從一九二七年（民國十七年）起，到一九三七年止的「第二個十年」的新文學，依《原編》七個部門中的六部門（去掉其中「文學論爭集」的部門），也選印成十冊。可以說，《續編》對於《原編》，大體上做到了「蕭規曹隨」的程度。

編選文學作品，可以有許多不同的目的；但在許多不同的目的中，以通過文學作品來把握一個時代的動態，應當是最重要的目的。環繞新文學所發生的爭論，不僅可給爾後的文學工作者以許多的正反兩方面的啟示；不僅可以為想了解當時的作品提供很大的幫助；更重要的是，這種爭論，常常直接表現出一個時代的精神動態，尤其是為了把握大變動時代的精神動態，更為重要。因此，《原編》列有「文學論爭集」的這一部門，是非常有意義的。

但《原編》中的「文學論爭」，主要是以文學表達形式為中心所發生的論爭。這種爭論，很少突入到文學的核心問題，也沒有深入到社會的核心問題。但續編的十年中，在文學論爭上的規模之大，內容的複雜與深刻，遠非原編的十年中的情況所能比擬。我不知道兩位李先生為什麼把這一部門去掉？這一部門去掉了，等於把作為這十年的特性的熱和力抽掉了。

從另一方面說，我又覺得兩位李先生，蕭規曹隨得太過。《原編》把小說編成三冊，《續編》也編成三冊；《原編》把散文編成兩冊，《續編》也編成兩冊。但我們應當承認，《原編》十年中在小說上的成就，主要是在短篇小說這一方面。短篇小說可以代表各個主要作家，也可以代表此一時代；所以《原編》所選的小說，多是短篇小說；把十年間的短篇小說編成三冊，大概便富於代表性了。但《續編》的十年，新文學有了重大的進展，出現了許多有分量的長篇小說。在這十年中的重要作家，多專心於長篇小說的創作；他們的作品，應當以他們的長篇小說作代表。把精神貫注到長篇小說上的人，雖然有時也寫短篇小說，但在技巧和作為一個人的人生表現上，常只能佔到次要的位置。因此，此一時代的小說，是應以長篇小說為主要代表。這樣一來，《續編》十年中所選的小說部門，便不是三冊可以容納得下。但《續編》依然要死守住三冊的成規，於是在選材上也只好捨長取短：在印出的最重要的小說第一冊裏，幾乎看不到值得稱為此一時代的代表作。

在《原編》的十年中，雖然高舉反古文的大旗，但在不知不覺之中，依然受到古代傳統的影響；所以有不少的人，以嚴肅的創作精神來寫散文；因此，散文在十年的文學中，佔有相當的分量，於是《原編》便印了兩冊散文。但實際，在這一部門中，濫竽充數的已不少。就一般的情形說，散文的發展，主要是伸向以政治、社會、學術等內容的文章；僅以文學為目的來寫散文的，數量雖然多，但有文學價值的，第二個十年，較之第一個十年更少；這是文學發展的大勢使然。我們之所謂散文，等於西方之所謂「隨筆」，多數只有出於名家大家晚年之手的才有價值，所以它的分量，不能和其他文學部門相提並論。但《續編》在這一方面也依然要保持兩冊，便難怪成為一堆無聊的雜碎堆了。

《續編》與《原編》最大不同之點，乃在於《原編》並不曾就各部門的內容來作體例上的分類；而《續篇》前在小說和散文兩部門，由內容之不同，而做了分類的工作，首先引起我懷疑的是：小說、散文，有內容的不同，難道新詩和戲劇，便都只有一個立場，一種內容嗎？要分類，便一起分，為什麼有的分，有的不分呢？

《續編》分小說為三類：小說一集是「反映時代浪潮的作品」。小說二集是「中間派作家的作品」。小說三集是「民族文學、極右派的作品」。兩位李先生既以「中間」、「極右」，來作分類的標準，則有了「中間」，有了「極右」，便必然有一個「極左」；「左」、「右」、「中」的三個觀念，是在互相關連中始能成立的。第二、第三集，是「中間」、「極右」，則第一集自然是「極左」。但兩位李先生為什麼避開「極左」一詞而不用，莫不是沒有「左」而能有「中間」和「右」，這是常識所允許的嗎？更奇特的是，把民族文學和極右派作品連在一起，這說明兩位李先生以為凡是民族文學，即是極右派的文學。極右派以外的都是非民族乃至是反民族的文學。就我的了解，凡由承認自己祖國的國籍，並有祖國意識的人所寫的文學，不論他的政治立場如何，都可稱為「國民文學」或「民族文學」。所以在西方文學史中，常有「國民文學的成立」的標目。尤其是《續編》的十年中，除了專以阿諛、粉飾為目的之偽裝文學以外，文學家的政治立場雖有不同，但在要求對抗侵略以保持自己民族生存的這一點上則是完全一致的。否則不能出現抗戰前期的大團結，也不可能出現對日的抗戰。一切值得稱為「中國的文學」的作品，不管對現實有何歧見，必然是站在「中國民族」這一大基盤之下的作品。戰後流行著一種「反民族的民主自由思想」，實際只是殖民主義的偽裝罷了。

至於在散文方面，把「反映現實」的散文，和「性靈」的散文對立起來，我也覺得有點奇怪。嚴格的說，凡值得稱為文學的，沒有不反映現實的。否則不配稱為文學。「性靈」是表示文學中的一種創作的態度如表現的方法。簡單地說，袁枚這一主張的提出，乃是反對格律派的裝腔作勢，及神韻派的虛無縹緲，而要求以平易的方式說出自己的真心話，在「性靈」的觀念下，導不出不反映現實的結論；因為性靈是在現實中活動。所以被袁枚列在性靈派中的白居易、楊誠齋，是誰人不反映現實呢？

由兩位李先生的簡單分類中，可以了解他兩位或者可以作搜集家，卻不是文學史家。所以「中國新文學大系的續編」，我希望有人起來作更好的努力。

《華僑日報》一九六八年三月三十一日

台北的文藝爭論

一

一切文化中的爭論，只要在正常地軌道內運行，都是有意義的。所謂正常地軌道，第一、不論談那一方面的問題，總應有立說的根據。第二、不可使文化問題以外的因素，介入到裡面來。第三、爭論者的自身，應表現出對文化的責任感；不僅不可以存心誣賴，人身攻擊；並且遇著問題的本身，是可以兩存，或無法作進一步的解決時，便須接受這種「兩存」，安於現狀，不必作超論據的主張。更理想的是，能取資於論敵。由互相取資的結果，以導向問題的解決。

文藝，是與社會大眾關連密切的文化活動；也是內容最複雜，變動很迅速，容易引發問題，引發後，很不容易得到解決的文化活動。近百年來，中國社會，進入到大轉形期。在大轉形期中，應當出現很蓬勃的文藝活動，自然也應引起許多文藝上的爭論。事實上，也是如此。五四前後，引起了新、舊文學之爭；爭的結果，自然是新文學的大獲全勝。但此一勝利，乃是文學表現工具的解放，不一定關係到文學的內部問題、本質問題。接著，便是民族文學、大眾文學的大爭論。這次爭論，是以預定的政治勢力作背景，而不一定是發自文學的自身。民族中有大眾，大眾也還是屬於某一民族。假定有真正的偉大作家，在他從事創作時，恐怕不一定存有這種牢不可破的障壁。因之，這次爭論，對文藝本身而言，似乎收穫不大。

二

台北最近幾個月所發生的文藝爭論，是以「文協」開除某一女作家的會籍為中心而展開的。理由是某女作家有一作品，據說，是亂倫的黃色作品，當某報連載完畢，印成單行本時，被政府查禁了。任何時代，任何社會，都有黃色作品，因為這是人性重要的一面。但任何時代，任何社會，決不會鼓勵黃色作品。在人類各種行為中，有的只能作為事實的存在，暗地裡的存在，但不必一定要使某種事實，披上理論化的外衣，並也不必認為暗地裡存在的東西，同時即應當加以公開化。我覺得人性的兩面將永遠在矛盾中進行。正因為如此，歷史上產生了許多偉大的藝術作品。現今有不少的人，想取消事實與理論之間的障壁，及暗地與公開的障壁以獲得藝術的靈感。假定真正達到取消的目的，恐怕靈感也就乾涸沒有了。大家真正都不穿衣服，又有誰有興趣去看脫衣舞呢？所以凡是向黃色方面打主意的作家，大概多是討巧而不肯真正用力的作家；我認為不值得鼓勵。

某女士的作品，是否是亂倫的黃色，我不曾拜讀過，不敢多講半句話。遺憾的是，不僅在為某女士講話的方面，我發現不出能言之成理的文章。即在揭舉反黃色大旗的一方面，似乎也找不出一篇有分量的文章。例如在一篇〈反三流〉的文章中，一面強調倫理道德；一方面又高叫不要回顧自己的歷史文化，而應向美國看齊（大意如此）。若果如此，則某女士為什麼不可以向金賽博士看齊呢？同時，對於一個會員的作品，假定覺得有不妥之處，似乎可以在交談中解決。開除會籍，也可以說太過，也可以說是無效的，這未必能算是賢明之舉。

三

在這次文藝爭論中，暴露出我們對文藝理論的反省，還非常不夠。不過，在這次爭論中，提出了文藝與倫理道德的問題，倒有其意義的。就我的了解，在時代之流中，可以發現少數人反對文藝對道德的承擔。但若把時間拉長了看，畢竟會承認文藝對道德，有無法逃避的責任。同時，一個偉大的作家，也可以嘲笑或反對既成的、定型化了的道德風習；但也會在他嘲笑、反對的另一面，浮出對新地道德、真地道德的熱切要求。為什麼？因為文藝所要求的是美；而所謂美的根源，正如喀萊爾所說的：「美是生於人類靈魂的深處，住於人類靈魂的深處。在靈魂的深處，美與一切道德之愛，宗教的信仰，自然會融合在一起。」

五四運動以來，反對「文以載道」的傳統觀念。但若文藝是人性的表現，是人生的表現，則一個成功的作品，為什麼對於由人性所發出的人之所以為人之道，一定要立於敵對的地位呢？有些人，只知道人性中有情欲，可加以表現，為什麼不知道人性中也有道德，而不可加以表現呢？道德的教條，不能構成文藝，所以亨特便說，文學中的道德問題，常是用暗示性的表現技巧，但相反的，反道德的黃色說教，赤裸裸地反道德的情節，未必便寓有藝術性嗎？作者的本身是人，讀作品的也是人。一個作者只要有人的自覺，便自然會有對社會的責任感。作品的倫理道德性是出於作者人性自身的要求。若作者對道德感到是一種壓力，對社會感到不應有什麼責任，則此作者的人性，已與一般正常的人性相隔絕了，而只想從對人性弱點的掠奪中獲取自己的利益，這種非法的前途是不大可靠的。所以我對此次爭論，同情某女作家受到了組織性的過分打擊，但更懇切希望今後的作家們，鼓起更大的勇氣，向人性、人生正常的方面，多作發掘的努力，而不必繼續在人性的弱點上面去發展。（寄自台北）

《華僑日報》一九六三年五月二十四日

文體觀念的復活

文體的觀念，在研究文學理論和技巧方面，是居於中心、統攝的地位。此一觀念，在我國六朝時，一般作者及批評家，都把握得非常清楚；而劉彥和的《文心雕龍》，更是一部深入而完整的文體論。但隨唐代的古文運動的發展，卻漸漸模糊起來了。不過，凡是提到文體時，依然是保持它原有的意義。「文體」一詞，古人常常只稱一個「體」字，也和「文章」一詞，常常只稱一個「文」字一樣。「體」字的含義，本來所包者廣，容易引起混淆。加以到了明代，卻把以藝術的形象性為主的文體觀念，誤解為以「文章題材作標準」所作的文章分類；並由此一誤解而選印了幾部大書，如「文章辨體」，「文體明辨」之類；他們此處所說的「文體」，按明以前的觀念，實際只是「分類」。因此凡是談到文體的人，都當作文章分類去了解；並由此而倒上去，也以分類去解釋古人之所謂文體。這便不僅曲解了《文心雕龍》，並且也常常忽視，曲解了古人許許多多談到文學理論和技巧方面的意見。因文體觀念的模糊，及誤解，所以自唐以後談到文學理論的，常忽視了它的藝術性的一面，這在散文方面，表現得最清楚。而談到技巧時，又常是含混、零星、片斷的東西。我寫〈《文心雕龍》的文體論〉一文，要復活此一傳統的「文體」觀念，因而為研究《文心雕龍》及傳統文學理論的人開闢出一條大路；並進而通中西文學理論、技巧之郵。自明代及今，凡是談到文心乃雕龍，乃至其他有關典籍的人，涉及此一基本問題時，無不錯誤。有位很可敬佩的朋友，看到拙文中談到曹丕典論論文裏面與文體有關的幾句話，曾向我說，「《文心雕龍》我不曾研究，但難道我們對典論論文的解釋也都錯了？」我當時笑笑，「恐怕是都錯了。」近幾十年來，有人對《文心雕龍》作了很可寶貴的校勘，及考典的工作；但真正對它的理論結構作有系統的研究，只好說是從我這篇文章開始。幾百年來許多大家名家所犯的共同錯誤，我一旦提出加以總的澄清，這在習性上，總不免難於了解、接受。但只要對於學術有誠意，而又肯虛心研究的人，便不能不承認這一點。

在日本學術界，關於此一問題，卻有一個很有趣的現象。凡是研究中國文學史的人，乃至一般的漢學家，把由唐代所傳過去的文體觀念，都隨明人的錯誤而錯誤了；除了我在《文心雕龍》的文體論中所指陳者外，諸橋轍次氏所編著的《大漢和辭典》卷五第五八七頁「文體」條下，也犯了同樣的混亂。他的解釋是「（一）文章的體裁」，這句話只是說得不周衍，但並不算錯，因為文體是把體裁也包括在內的。可是僅就文體中的體裁而論，也和文章的分類不同；例如，同是賦的「體裁」，《文選》便因其題材之不同而分為京都、郊祀、耕籍、畋獵、紀行、遊覽、宮殿等等的「類」；所以昭明太子的《文選》序說「詩賦『體』既不一，又以『類分』」，即是說在同一「體裁」之中，又因題材的不同而分為不同的「類」。這是文選樓諸人用了一番心血所作的區分。但姚姬傳因為不了解此一分別，所以在《古文辭類纂》序目的辭賦項下對此加以批評說：「昭明太子文選分體瑣碎，其立名多可笑者。後之編集者，或不知其陋而仍之。」姚氏所說的「分體」，實際是昭明太子所說的「又以類分」的分類。姚氏可以說是「不知其陋而改之」了。而諸橋氏在文體條下接著「文章的體裁」的下面，便完全談的是文章的分類。再接著又引了一些晉書等中的「文體」的名詞，而不知這更與文章的分類不相干；這種混亂，本是其來已久，不應以此責難諸橋氏一人的。

不過日本凡是專門研究文學的人，尤其是研究西洋文學的人，則對文體一詞的觀念，卻了解得清清楚楚；並且凡是遇到西方文學著作中 Style 一詞時，除了用音譯者外，絕對多數，即以「文體」一詞譯之。因 Style 一詞擴大使用到一般藝術中去，所以近年來有人意譯為「樣式」；樣式與文體的「體」（形體、形象、形式），基本意義完全相同。遇著 Stylistics 一詞時，便毫無例外的，一律譯為「文體論」。不僅如此：由研究文學者所編的辭典，對於文體一辭所下的解釋，亦無不與中國文體原有的觀念相合。例如《日本文學大辭典》第六卷第七二頁「文體」條下，「文章由其用語如何？修辭如何？內容如何？作者個性如何？而生出種種文體……」，這裏沒有一點含混。《世界文藝辭典》日本東洋篇四七〇頁「文體」條下，及《大百科事典》二十三冊四七頁「文體」條下，則皆註明 Style，所作的解釋，也與前相同。一九五四年研究社所出的《世界文學辭典》一〇五六頁A「樣式」條下，先註明 Style, Stil，而說明，它有廣狹二義；再接著說：「它的原語 Stilus 是指筆記用的金屬製尖筆，一轉而為文章的寫法，含有文體的意味；在詩學，修辭學，尤其是在文體論中，自古以來，即是這種用法……。」又在同辭典八九七頁B有兩條「文體論」，前一條是指的二世紀時不能斷定作者的一部著作；後一條是對文體論所作的簡單解釋。所有這些人，談到「文體」或使用「文體」一詞時，並沒有提到這是由日本和尚遍照金剛於唐時遊學中國，返國後著有《文鏡秘府論》（中有〈論體篇〉）一書，從中國所介紹過去的觀念，更不會想到《文心雕龍》。

我之所以留心到這一問題，是十年前在臺中舊書舖偶然看到一本小林英夫著的《文體論的建設》，以好奇的心理買下來，看完之後，才知道日本當時（昭和十五—二十年前後），對此一問題，有些人作過專題的研究，並發生許多爭論。接著，便留心收買到小林英夫的《文體論的美學基礎》；山本忠雄的《文體論研究》及《文體論》；武吉好孝的《文體論序說》。通過他們的著作，知道這也正是西方文學中常常作為文學專題研究的問題。他們裏面所談的，當然都是根據西方的文學乃至美學的理論；所分析的作品，多是日本現代的小說。再留心看一般文學理論的書，幾乎沒有不重視此一問題的。雖然中間沒有一部談到中國的文學，但我當時想，在這些書裏面，也同樣提示了中國傳統文學中的問題。等到我在東海大學決心開《文心雕龍》專書時，在準備期中，才恍然大悟，文體的觀念，是由中國傳到日本；而《文心雕龍》，即是中國一部古典性的文體論，其內容比西方的文體論，發達得早一千多年；並且在若干最基本的地方，比西方的文學家把握得更為深切。我便感到應當對《文心雕龍》，加以重新發現。可惜我的研究重心，是放在中國哲學思想史方面，所以除了〈《文心雕龍》的文體論〉一文以外，還有幾篇應寫的文章，一直延擱下來。

中國近幾十年來，以「風格」一詞譯 Style，本無不可；因為每一名詞的內容，都是由人加以規定，而不斷演變的。但我們第一應當了解，現時所流行的「風格」的觀念，是等於明以前的「文體」的觀念，但與過去的所謂「風格」，並不相當；過去原有意義的文體觀念，與以前的「風格」的觀念，在邏輯上是A（文體）>B（風格）的關係。尤不可以此來混淆《文心雕龍》中僅出現過一次的風格一詞。這在我拙文第九頁，有較詳細的說明。第二、應當了解今日之所謂「風格」，乃是指文學，藝術作品中所給與讀者觀者的各種氣氛、情調。相當於《文心雕龍》之所謂「體貌」這種氣氛、情調，乃是由作品的形象、形式、樣式、或形態（上面幾個名詞的意義都大體相同，實以「形象」一詞為最妥）昇華上去的。離開了文學的藝術形象，便無所謂氣氛、情調。所以「形象」才是對藝術的最基本規定。「文體」之「體」，正表明了這種「形象性」。而現時所用的「風格」一詞，卻不易把「形象性」表達出來，使初學者不易把握其意義。

（下略）

《民主評論》十三卷四期　一九六二年二月十六日

《中國文學論集續篇》自序

一

這裏收錄的幾篇有關中國文學的文章，並不夠印成一部書。去歲在臺灣大學附屬醫院割治胃癌後，自知生命快要結束，於是把未曾彙印過的雜文，交給陳君淑女及曹君永洋，請為我編成雜文續集及外集。把未曾收印到《中國文學論集》中的幾篇文章，在養病中重閱一過，有的稍作補充，另外為了紀念友人唐君毅先生，更補寫了一篇，一併交給薛君順雄，請為我編成《中國文學論集續篇》，並將幾篇用文言寫的文章和若干首詩，附錄在後面。其他未成熟的講稿及《論》、《孟》、《老》、《莊》的零星札記，預定在斷氣前再贈送與願意保存的人。古人有自營生壙，作為身後善後的。即使我有此雅興，也沒有這份力量。殘稿的安排處理，大概就算是為自己所辦的善後了。

我頗能論詩，但不能作詩。作詩不僅要多讀多做，下一番勤苦鍛鍊的工夫。並且詩人的精神狀態，和學人的精神狀態，並不完全相同。詩人是安住在感情的世界。他們的理知活動，或因覺其與生命的疎外而隨時加以拋棄；或因其對生命的深入而又化歸為感情。詩人常以欣賞詠嘆的心境來讀書，所以讀書不求甚解；但也常由欣賞詠嘆而能對書有所得。他們與對象的關係，是相融相即的關係。對於對象的表達，是在感發咨嗟中，把對象唱嘆描繪出來；越唱嘆描繪得入神，越含有作者的性情和面影。學人是安住在理智的世界。他們的感情活動，或因覺其對生命是一種糾纏而加以抑制；或因其對生命的浸透而運用理智來加以處理。學人是以鑽研揭露的心境來讀書，讀書必求甚解。也常因鑽研揭露而對書才有所得。他們與對象的關係，是主客分明的關係；對於對象的表達，是在冷靜分析中把對象解剖條理出來，越解剖條理得入微，越能顯出對象所含的原理、法則。當然，在現實生活中，兩種精神狀態，常常能作，並且也常常會作自由的轉換。但並不是詩人由感情世界轉換為理智世界時即可成為學人。同樣的，並不是學人由理智世界轉換為感情世界時便能成為詩人。轉換之後，必須繼之以各自不同的工夫，才可得到各自不同的成就。我少年有天資而無志氣；中年役精疲神於國政攻取之場；晚年治學，自然走上學人所走的路；我是不會做詩，偶然做一首兩首，也多不成熟乃至不合規格，乃必然之事。所以隨做隨丟，不值得愛惜。此次把偶然記得，及金君達凱為我從《民主評論》上抄錄下來的，不惜自暴其醜，附錄刊布出來，也是在「善後」的心境中，留下渺小的人生腳印。其餘失散的，只好聽其隨聲塵而俱歸泯滅了。

二

我從一九五〇年以後，慢慢回歸到學問的路上，是以治思想史為職志的。因在私立東海大學擔任中國文學系主任時，沒有先生願開《文心雕龍》的課，我只好自己擔負起來，這便逼著我對中國傳統文學發生職業上的關係，不能不分出一部分精力。偶然中，把我國迷失了六、七百年的文學中最基本的文體觀念，恢復它本來的面目而使其復活，增加了不少的信心。我把文學、藝術，都當作中國思想史的一部分來處理，也採用治思想史的窮搜力討的方法。搜討到根源之地時，卻發現了文學、藝術，有不同於一般思想史的各自特性，更須在運用一般治思想史的方法以後，還要以「追體驗」來進入形象的世界，進入感情的世界，以與作者的精神相往來，因而把握到文學藝術的本質。這便超出我原來的估計，實比治一般思想史更為困難。可惜我的精力有限，在藝術方面比較有計劃、有系統的寫了一部《中國藝術精神》，但在文學方面，到一九六五年為止，僅寫了八篇文章，彙印成《中國文集論集》；以後每重印一次，便增加若干文章，到一九八〇年的第四版，長長短短的，共增加了十六篇，由原來的三百多頁，增加到今天的五百五十七頁。

一九六九年秋季，我來香港中文大學新亞書院哲學系擔任客座教授。據唐君毅先生告訴我，聽我講中國哲學史課程的學生，在人數上打破了過去的紀錄。但我發現，對許多問題，我與唐先生及牟宗三先生的看法，並不相同。為了預防由看法不同而引起友誼上的不愉快，我便要求轉開以中文系為主的課，把我的名字也轉到中文系；雖然繼續開中國哲學史的選課，一直到新亞書院離開農圃道為止，但這中間重新開了《文心雕龍》的課。新亞研究所脫離中文大學獨立後，學生人數少，中國哲學方面，由唐、牟兩先生負責，唐先生要我專開《文心雕龍》研究，及中國文學批評史研究。我也想藉此機會，寫一部像樣點的《中國文學批評史》。但為了寫《兩漢思想史》，費了六年以上的準備時間。到香港時，初步的準備工作，剛剛成熟。若再不動筆，等於前功盡棄。而可以利用作寫學術專文的時間，在上課期間，只能抽出兩天或一天半，此外便靠寒暑假。我還不斷為《華僑日報》寫時論性的文章，去歲印成《雜文》四冊。還因興趣而參與過《紅樓夢》的討論，及引起有關黃公望兩長卷山水真偽問題的一番熱烈討論，加上其他有關作品評鑒的文章；總共寫了十多萬字。這樣一來，香港十年，學術上除印行了《兩漢思想史》三冊，及可作為《兩漢思想史》分冊的《周官成立之時代及其思想性格》一書外，在中國文學批評方面，只有一、二、三三次的簡單而未成熟的講稿，及一九八〇年加印到《中國文學論集》四版中的十六篇文章。我常常忘掉自己的年齡，還想在《兩漢思想史》告一段落時，也用獨立論文的方式，在《中國文學批評史》中選擇若干關鍵性的題目，寫成十篇左右深入而具綱維性的文章，以完成這一方面的心願。及去年八月在臺北發現胃癌後，知道這一切已成夢想。《續篇》中所收〈陸機文賦疏釋〉及〈宋詩特徵試論〉，是計劃中的一部分。今後假定還能僥倖多活幾年，按原定計劃再寫幾篇，加到《續集》的再版中去，那便太幸運了。

三

寫這方面的文章，同樣應當注重有關資料的收集，這一點，早為時賢所注意。但在這裏想特別提出的：每門學問，都有若干基本概念。必先將有關的基本概念把握到，再運用到資料中去加以解析、貫通、條理，然後有水到渠成之樂。中國著作的傳統，很少將基本概念，下集中的定義，而只作觸機隨緣式的表達；這種表達，常限於基本概念某一方面或某一層次的意義。必須由完善周密的歸納，虛心平氣的體會，切問近思的印證，始有得其全，得其真的可能性。否則或僅能涉及文學周邊的若干故事，而不能涉及文學的自身；一涉及文學的自身，輒支離叛渙，放棄自己的立場反成翳蔽。甚至把自己的意思去代替古人的意思。我曾看到某學術機構，出版一厚冊研究《文心雕龍》的著作，對原著的基本概念，及由基本概念所形成的結構、系統，毫無理解，卻代劉彥和安上許多項目，標出許多名稱，不知道把問題扯到甚麼地方去了，真令人難以忍受。我的文章，或者在這方面有點貢獻。錯誤的地方，希望能得到指教。

薛君順雄，性格純厚而通達。在這方面所下功力之深，積累之富，遠在我之上。我想達到而未能達到的願望，只有寄托在他身上。他為《續篇》的編校盡了許多心力，我想這不應僅是師生間深厚感情的紀念。

一九八一年五月一日徐復觀序於休士頓客次

國家圖書館出版品預行編目資料

徐復觀教授談文學與寫作

徐元純編. – 初版. – 臺北市：臺灣學生，2020.07
面；公分
ISBN 978-957-15-1830-5 (平裝)

1. 文學 2. 寫作法

810 109008288

徐復觀教授談文學與寫作

編　　者　徐元純
出 版 者　臺灣學生書局有限公司
發 行 人　楊雲龍
發 行 所　臺灣學生書局有限公司
地　　址　臺北市和平東路一段 75 巷 11 號
劃撥帳號　00024668
電　　話　(02)23928185
傳　　眞　(02)23928105
E-mail　student.book@msa.hinet.net
網　　址　www.studentbook.com.tw
登記證字號　行政院新聞局局版北市業字第玖捌壹號
定　　價　新臺幣二五〇元
出版日期　二〇二〇年七月初版
ISBN　978-957-15-1830-5

07826